AF139284

Jana Beek

Federscherben

Roman

Bibliographische Information der Deutschen Nationalbibliothek: Die Deutsche Nationalbibliothek verzeichnet diese Publikation in der Deutschen Nationalbibliographie, detaillierte bibliographische Daten sind im Internet über dnb.de abrufbar.

TWENTYSIX – Der Selfpublishing-Verlag
Eine Kooperation zwischen der Verlagsgruppe Random House und BoD – Books on Demand

Herstellung und Verlag: Books on Demand, Norderstedt

ISBN: 9783740767051

Cover: Jana Beek

26. Kapitel

Orientierungslos und hektisch atmend saß sie aufrecht in ihrem Bett und schaute zuerst auf die Uhr. 1.56 Uhr. Schon wieder war sie mitten in der Nacht wach geworden und wusste nicht, wo sie sich befand. Gerade eben war sie noch in diesem Traum durch einen Schacht gekrochen, der immer enger wurde.

Sie knipste die Nachttischlampe an und nahm sich gleich ihr Notizbuch zur Hand. Dort musste stehen, was der letzte Stand der Dinge in ihrem Leben war und welche Fäden sie wieder aufnehmen musste. Sie blätterte mit zitternden Händen zum letzten Eintrag. Da. Fremde Schriftzeichen schauten ihr entgegen. Primitive Hieroglyphen, die sie unmöglich entziffern konnte. War das ein selbst erfundener Geheimcode oder eine echte andere Sprache? Was sollte sie jetzt damit anfangen?

Sie blätterte in dem Buch herum und stieß auf jede Menge Kauderwelsch in den verschiedensten Sprachen und Schriften, auch auf Abschnitte, die sie entziffern konnte, die ihr aber inhaltlich nichts sagten. Schlug das Buch zu.

Ich muss hier raus, schoss es ihr durch den Kopf, dieses Zimmer ist zu klein, ich ersticke. Sie griff sich an den Hals und zerrte an den Ausschnitt ihres T-Shirts. Rannte hinaus auf die Straße. Der Asphalt war nass unter ihren Füßen. Ein vereinzelter Bombeneinschlag durchschnitt die Luft. Das ist der Krieg aus dem benachbarten Stadtteil, dachte sie sofort. Ein Hinweis. Sie war in dieser Stadt, genau. Aber warum? Sie begann zu rennen, die Straßen waren menschenleer.

27. Kapitel

„Guten Morgen allerseits", tönte es vom vordersten Pult in die Runde.

Sinija blickte auf. Sie musste kurz weggenickt sein. Die Nacht war wahrscheinlich wieder kurz gewesen, so genau wusste sie das nicht. Und ausgerechnet jetzt Teamsitzung. Es ging schon los.

„Wichtigste Frage, wie geht die Arbeit am 37. Friedensvertrag voran?", fragte Go und begann in den Unterlagen zu wühlen.

„Die Arbeitsgruppe hat letzte Woche keinerlei Fortschritte erzielt", stammelte Anne und blickte sich hilflos um.

Sinija hoffte einfach, dass sie nicht angesprochen wurde und versank möglichst tief in ihrem Stuhl.

"Okay, ich habe hier noch die Bilanzen des letzten Monats vorliegen", Go rollte herum und verteilte dabei Zettel mit Zahlen drauf, „berücksichtigt das bitte für eure finanziellen Planungen."

„Ich kann so nicht arbeiten, schon wieder eine Kürzung!", empörte sich Schmidt und schwebte ein paar Zentimeter über seinem Stuhl, um seine Position zu unterstreichen. „Wie soll ich da Zielvorgaben erreichen, das ist doch Schikane!"

Aus seinem transparenten Kopf stiegen kleine Rauchwölkchen auf.

„Was schlägst du denn vor?", fragte Go und die Öffnungen für seine Augen weiteten sich mit einem leisen „klick".

„Meine Windkraftanlagen sind viel wichtiger als der Friedensprozess, der sowieso nichts bringt. Wir sollten diese ganzen Anstrengungen, den Konflikt zu klären fürs Erste begraben", antwortete Schmidt und begann wild auf einem Taschenrechner zu tippen.

Go verdrehte die Augen und stieß einen Seufzer aus.

„Gestern Nacht gab es wieder drei Tote und sechs Verletzte bei Ausschreitungen, der Konflikt um die Biogasanlage hält die Stadt im Atem, die Bürger verlangen nach einer Lösung…", ratterte er emotionslos runter.

„Immer dieselbe Leier, wie lange geht das schon so? Seit Monaten, Jahren? Die Besetzer werden nicht nachgeben, dafür steht für sie zu viel auf dem Spiel, das alles bringt nichts", erwiderte Schmidt.

Es begann eine wilde Diskussion und alle redeten durcheinander.

Sinija versuchte den Überblick zu behalten und sich eine Meinung zu dem Thema zu bilden. Es waren so viele Stimmen, Handbewegungen, Papiere flogen herum, es wurde gepiept, gerattert, Haare gerauft, Türen geknallt. War die Teamsitzung aufgelöst, wie so oft wegen dieses Konflikts? Sinija nahm ihre Unterlagen und schlich sich aus dem Konferenzraum. Draußen auf dem Flur war ein neues Stimmengewirr der anderen Mitarbeiter, die sich dieses Spektakel zum Glück ersparen konnten.

„Hast du schon die Übersetzung für mich gemacht?", raunte ihr plötzlich Svea von der Seite zu und rollte sich vor sie. Ihre roten Augen funkelten.

„Ich bin fast fertig", erwiderte Sinija und schielte an ihr vorbei zu ihrem Büro, in das sie schnell verschwinden wollte. „Bekommst du heute Nachmittag, okay?", rief sie und hechtete an ihr vorbei zu ihrem Zufluchtsort.

Rechts und links drangen die verschiedensten Stimmen an sie heran.

„Hast du schon den Abschlussbericht fertig?"

„Ich mache heute keine Mittagspause."

„Nein, das wird nicht klappen."

„Nächste Woche ist gut."

„Peter hat mir seine Akten noch nicht gebracht."

Sinija navigierte sich durch die Gespräche hindurch und ließ sich auf den Bürostuhl vor ihrem Bildschirm fallen. Vor der offenen Tür rauschte es unablässig weiter. Lachen, Schritte, Telefonklingeln, Husten, Stimmen verschmolzen zu einem Pulsschlag der Organisation.

Fünf Stunden später zuckte Sinija zusammen. Jemand hatte ihr auf die Schulter getippt.

„Die Besprechung, wir warten auf dich", sagte Peter mit einem strengen Blick.

Sinija sprang sofort auf, holte die Unterlagen aus der Schublade und stolperte beim Aufstehen fast über den Drucker. Wie konnte sie nur das Treffen vergessen. Was hatte sie bloß den ganzen Tag über gemacht, es war mal wieder alles wie im Nebel.

Im zweiten Stock schlüpfte sie in das Besprechungszimmer. Diesmal war die Stimmung eine ganz andere. Neben ihr und Peter saßen Birte und Klaus und blickten sich schweigend an.

„Wir dürfen keine weitere Zeit mehr verlieren", sagte Klaus betrübt. „In zwei Wochen soll die Expedition starten und bis dahin müssen wir top vorbereitet sein.

Sinija schluckte. Sie würde nicht teilnehmen. Sie würde fliehen. In eine andere Stadt, wieder untertauchen, sich verstecken. Versuchen, sich ein neues Leben aufzubauen. Aber auf keinen Fall würde sie dort hingehen.

„Sinija, hörst du mich?", fragte Klaus und sie schreckte auf.

„Es tut mir leid, ja, ich bin dabei", murmelte sie.

„Du bist unser wichtigstes Mitglied. Ohne dich geht es nicht. Du weißt, was alles von dieser Mission abhängt? Die Zukunft unseres Kontinents. Ab heute bist du von deinen anderen Aufgaben freigestellt und fängst mit den Vorbereitungen an. Das heißt, du konzentrierst dich erstmal auf die Sache mit dem Fliegen", erklärte Klaus mit ruhiger Stimme.

Fliegen. Bei diesem Stichwort setzte ihr Gehirn aus. Niemals. Sie wollte schreien. Ihr ganzer Körper wehrte sich gegen diese Vorstellung, ihr war als würde sich ihre Haut vor Aversion nach außen stülpen. Sie rannte raus.

Zu Hause überprüfte sie nochmals ihren Kontostand und den Betrag, den sie bisher gespart hatte. Es musste einfach reichen. Damals, als sie in der Stadt ankam, hatte sie sich sofort einen Kostenvoranschlag von diesem Arzt, der eingewilligt hatte, es zu machen, eingeholt. Es musste sofort geschehen, sie hielt es keinen Tag mehr aus.

Sie nahm ihre Tasche und erschrak vor einem Schuss. Es dauerte kurz, aber dann war ihr klar, die Kämpfe gingen wieder los.

Draußen dämmert es. War es Abend? Der Tag war wie immer zerteilt in unzusammenhängende Abschnitte, in denen die Zeit mal elend langsam, dann wieder ungeheuer schnell verging und kein Mensch wusste, was da eigentlich los war.

Sinija holte ihr Buch, da waren immer Anhaltspunkte notiert, um nicht auf dem offenen Meer verloren zu gehen. Sie steckte es ebenfalls in die Tasche und hastete die Treppe so schnell runter, als würde alles hinter ihr in Flammen aufgehen.

„Der Arzt hat jetzt keine Sprechstunde mehr", sagte eine Stimme hinter ihr.

Klaus stand an die Hauswand gelehnt und hatte die Hände in den Manteltaschen vergraben.

„Was machst du hier?", fragte sie ihn.

„Dich zur Vernunft bringen. Du stürzt dich kopfüber in dein Unglück", er drehte den Kopf und schaute sie direkt an.

Sie wich seinem Blick aus.

„Das sagst du nur, weil dein ach so wichtiges Projekt ohne mich in sich zusammenfällt. Ihr müsst euch jemand neues suchen, ich bin raus", erwiderte sie und wollte weiter gehen.

Er stellte sich ihr in den Weg.

„Das stimmt nicht. Ohne dich läuft alles wie bisher, ich muss dich da leider enttäuschen. Vielleicht nur weniger durchdacht, weniger präzise, aber es wird laufen. Was mir gerade nur Sorge macht, ist, dass du dich mit deinem Vorhaben unglücklich machst. Diese OP wird keins deiner Probleme lösen, sie wird alles nur noch schlimmer machen."

„Du hast gut reden", presste sie zwischen den Zähnen hervor, „du weißt nichts darüber wie es ist, in einem deformierten Körper zu stecken. Du hast einen perfekten Androiden-Körper bei dem du nach Belieben jedes Teil so austauschen kannst, wie es dir gerade passt. Was weißt du schon über mich?"

Sie lief an ihm vorbei auf die Straße.

„Du weißt genau, dass das nicht stimmt. Für mein Baujahr wird auch immer weniger produziert und irgendwann fällt die Wartung ganz weg, dann stehe ich da", rief er hinter ihr her.

„Klingt ja furchtbar", murmelte Sinija und versuchte ihn mit schnellen Schritten abzuschütteln.

Eine Gruppe von lachenden jungen Frauen kam ihr entgegen. An einem Kiosk packte ein Mann Flaschen in seinen Rucksack. An der nächsten Kreuzung rannte Sinija fast gegen einen Spinnenmenschen und merkte, dass sie in die falsche Richtung unterwegs war. Sie blickte sich um. Es war schon dunkel geworden. Straßenbahnen fuhren piepend an ihr vorbei, Leuchtschilder blinkten, zwischendurch das Rattern eines Maschinengewehrs in der Ferne.

Sie musste sich jetzt orientieren. Bog in eine Seitenstraße ein und setzte sich in den erstbesten Eingang auf die Stufen. Holte ihr Notizbuch heraus.

Der letzte Eintrag war von vorheriger Nacht. Er handelte davon, dass sie wieder auf der Brücke saß und sich nicht überwinden konnte zu springen. Sie ärgerte sich über sich selbst und ihre Unfähigkeit, irgendeinen Plan durchzuziehen. Ihr Leben war gepflastert von den Überresten abgesagter Vorhaben und unvollendeter Aufträge. Natürlich hatte sie jetzt Angst vor den Schmerzen und einem noch erbärmlicheren Zustand. Jeder Weg war wie eine Sackgasse. Sinija klappte das Buch zu und ging nach Hause.

28. Kapitel

Am nächsten Morgen war sie noch vor allen anderen im Büro und machte sich daran, den Stapel auf ihrem Schreibtisch endgültig abzuarbeiten. In einem Verwendungsnachweis war eine Zelle noch fehlerhaft berechnet, sie machte sich auf die Suche nach den Belegen, um die Beträge zu überprüfen. Beim Ausdrucken der Auszahlungsanordnung stellte sie fest, dass noch ein falsches Datum verwendet wurde und schon musste alles neu gemacht werden.

In einer anderen Akte wurde das Budget überschritten, sie schrieb eine Nachricht an die Abteilung, um über die Kürzung zu informieren. So ging es Akte um Akte und Schriftstück um Schriftstück, bis der Trubel um sie herum wieder anwuchs und die normale Betriebsamkeit erreichte.

Sinija blickte auf und registrierte erst jetzt das lebhafte Geschnatter der Menschen und Geratter der Geräte. Sie war jetzt fertig. Was für ein gutes Gefühl, diese Arbeit abschließen zu können. Es verschaffte ihr bedingungslose Genugtuung den Schreibtisch leer zu sehen, alles andere ordentlich verräumt zu haben. Jetzt konnte sie sich ihrer neuen Aufgabe zuwenden. In diesem Moment spürte sie zu hundert Prozent, dass das der richtige Weg war, ein ihr vorbestimmter Pfad, den sie nur zu gehen brauchte und dann würde alles in Ordnung sein.

Sie holte schnell ihr Notizbuch heraus und hielt ein paar dieser Gedanken fest. Sie waren wichtig, um nicht wieder in den Strudel zu geraten.

Und dann war es schon Zeit für das Meeting mit Klaus, Peter und Birte. Mit Schwung nahm sie die Treppe nach unten. Ihr Kopf war schon lange nicht mehr so klar gewesen. Sie fühlte sich energiegeladen, selbstsicher und ausgeruht. Auf dem Flur kam ihr Klaus aus dem Aufzug entgegen. Sie strahlte ihn an und spürte ein flaues Bauchgefühl vorbeihuschen.

„Ich habe oben schnell noch alles abgearbeitet, damit nichts liegen bleibt. Habt ihr schon jemand neues für meine alte Stelle? Wenn ja, könnte ich denjenigen einarbeiten", sprudelte es aus ihr heraus und sie erreichten gemeinsam das Besprechungszimmer.

„Ähh…", sagte Klaus bloß und seine Augäpfel huschten hin und her.

„Perfekt!", strahlte ihnen Peter entgegen und drückte ihnen gleich Zettel in die Hände. „Wir legen auch schon los."

Sinija überflog das Blatt und scannte es nach den wichtigsten Schlagwörtern ab. Sie setzten sich, Birte war auch schon da.

„Ihr wisst ja, der Plan steht", sagte Peter und kritzelte noch irgendwas auf Papieren herum. „Wir müssen ja nicht nochmal alles im Detail durchgehen."

„Was ist mit den Solaranlagen, wir haben immer noch keine Lösung für das Problem", warf Birte ein.

„Ihr wisst, wenn die Energielieferungen einbrechen, ist nicht nur unser Kontinent in Gefahr. Das wirtschaftliche Gleichgewicht auf der ganzen Welt…"

„Langsam", unterbrach Peter sie und machte eine entsprechende Handbewegung. „Ich habe ein Team auf das Problem angesetzt. Ich bin mir sicher, dass es eine Lösung geben wird."

Birte guckte skeptisch.

„Was soll ich machen, was schlägst du vor?", rief Peter jetzt energischer. „Es ist ein Dilemma. Entweder trocknet alles aus oder wir haben nicht genug Strom."

„Wenn wenigstens der Streit um die Biogasanlage…", warf Birte ein.

„Oh nein, nicht das Thema schon wieder", Peter winkte ab. „Zur Sache. Was ist sonst noch unklar?"

„Flugstunden", sagte Klaus und blickte unsicher zu Sinija rüber.

„Ich kümmere mich darum", sagte Birte im neutralen Tonfall.

Peter warf Sinija einen besorgten Blick zu, den sie so gut es ging ignorierte.

„Sprache?", fuhr Klaus fort.

„Ich hab meine Kenntnisse aufgefrischt, das müsste reichen", erklärte Sinija.

„Gut. Also den weiteren Zeitplan findet ihr auf dem zweiten Blatt", sagte Peter, „aber das wichtigste, verliert das bitte nicht aus den Augen. Wir brauchen eine handfeste Kooperation. Egal, wie diese aussehen wird, es muss eine gemeinsame Basis geben."

„Du weißt, das kann dir niemand garantieren", erwiderte Klaus und klickte mit seinem Kugelschreiben herum. „Alles, was wir über die wissen lässt uns vermuten, dass wir mit massivem Widerstand rechnen müssen. Wer weiß, vielleicht züchten wir uns im schlimmsten Fall einen neuen Krieg heran."

„Glaub ich nicht", rief Peter, „die sind ja noch nicht einmal militarisiert und mit ein paar Bogenschützen werden wir schon fertig. Nein, ich hab das im Gefühl, Sinija wird das schon hinbekommen", er zwinkerte ihr zu.

Und er fing wieder an die Unterlagen zusammen zu schieben.

„Wir bleiben in engem Kontakt, bis es losgeht. Ich möchte über alles genauestens informiert werden. Es darf nichts schief gehen, wir haben nur diesen einen Versuch, alles klar?", Peter erhob sich.

Sinija und die anderen nickten.

Kurze Zeit später betrat sie den Aufzug. Schmidt war ebenfalls auf dem Weg nach unten.

„Du kannst dir nicht vorstellen, mit was für Dilettanten ich es zu tun habe", legte er los und schwebte näher zu Sinija.

Sie hob fragend die Augenbrauen.

„Dieser neuer Mitarbeiter, der angeblich aus der Verwaltung der Windkraftwerke kommt, hat schon wieder auf das falsche Konto gebucht!", empörte er sich und sein grau-braun durchsichtiges Gesicht zog sich zusammen als hätte er in eine Zitrone gebissen.

„Du hast zu hohe Ansprüche", merkte Sinija an, holte einen Apfel aus ihrer Tasche und biss hinein. „Wie soll irgendein normaler Mensch dem gerecht werden?"

„Du schaffst es", postulierte er und hob seinen spitzen Zeigefinger. „Bei dir hatte ich nichts zu meckern. Diese Präzision, Sorgfalt, Detailtreue…", schwärmte er und schloss die Augen als würde er träumen. „Und jetzt nehmen sie dich uns weg für dieses angeblich wichtige Projekt", erzürnte er sich wieder theatralisch.

Sinija lachte. „Hör auf. Ich hab es genauso gut gemacht wie alle anderen. Wir haben halt alle nicht die Erfahrung, die ein tausend Jahre alter Geist aus der Verwaltung mitbringt."

„Tausend Jahre alter Geist", äffte er sie nach. „Ich kann es nicht mehr hören. Das hat nichts damit zu tun. Und glaub mir, ich erkenne, wer Talent hat und wer nicht. Du kommst doch wieder, oder?", und machte einen Abgang.

Sinija schaute ihm länger hinterher bis sich die Tür wieder schloss. Notierte schnell in ihrem Buch: Kontakt mit anderen Menschen, nein, Lebewesen, ist gut, um nicht im Nebel zu verschwinden.

29. Kapitel

„Wir machen heute einen Probeflug", sagte Birte in der alten Lagerhalle.

Ihre Stimme hallte durch den riesigen Raum, in dem früher alle möglichen Teile einer Geothermieanlage untergebracht waren.

Sinija merkte wie ihre Atemwege sich zuzogen. Ihre Füße gingen auf Birte zu und ihre Augen und ihr Mund fingen an mit ihr über Flugtechniken zu sprechen, aber ihre Gedanken schweiften weit, weit weg.

Zurück in die Vergangenheit, in die Dorfgemeinschaft, aus der sie kam. Nein, eigentlich waren sie und ihr Vater dort totale Außenseiter gewesen, er lebte schon vor ihrer Geburt etwas abseits in seinem eigenen Bauernhaus mit seiner Ziege und dem Kartoffelacker. Nachdem Sinija geboren, nein, geschlüpft war, und er sie allein aufzog, verschärfte sich die Situation. Sie hatte sich schon immer für ihr Aussehen geschämt, auch wenn ihr Vater ihr das nie vermittelt hatte, aber sie wusste, dass sie den anderen ein Dorn im Auge war.

„Wir sollten erst einmal ein paar Trockenübungen machen", sagte Birte und Sinija hatte Mühe, sich auf die verschiedenen Ebenen in ihrem Kopf zu konzentrieren, sie auseinander zu halten.

„Ich bin falsch, weißt du", erwiderte Sinija mit ruhiger Stimme, „du denkst ich bin die richtige für das Projekt, aber ich bin eine Schwindlerin, eine Hochstaplerin, eine falsche Person. Falsch geboren, falsch aufgewachsen, ein falsches Leben. Ich hätte dort bleiben sollen und mich vereinnahmen lassen, sie wollten mich essen, weißt du?"

Sinija dachte an das Tribunal, an dem über ihr Schicksal entschieden wurde und sie starrte in die gierigen Augen der Ältesten, ihre zahnlosen Münder, die knochigen Hände, an denen manche Fingergelenke fehlten. Es war dieser Moment, an dem sie wusste, dass sie nicht bleiben und nicht sterben wollte, dass sie fliehen musste. Auch wenn sie mit dieser Entscheidung nie ihren Frieden finden würde.

Birte schaute hilflos herum und stammelte irgendwas davon, dass Kulturen ja so unterschiedlich sein konnten. Sinija lief vorsichtig durch die Halle und ließ ihren Blick über alte Metallgestelle, abgeplatzte Farbe und Bauschutt gleiten.

„Die Vogelmenschen stürzen sich in den Abgrund, wenn sie nicht mehr fliegen können, wusstest du das?", fragte sie Birte.

Die Kollegin drehte sich zu ihr um und schüttelte den Kopf.

„Ihr Leben ist dann sinnlos geworden. Demzufolge habe ich erst recht keine Daseinsberechtigung, nie eine gehabt. Bin aber zu willensschwach, um die Konsequenzen zu ziehen. Zu wehleidig. Zu verkopft. Das Schlechteste von allen Welten."

„Sinija, das stimmt nicht", sagte Birte. „Du bist nicht hier, weil du feige geflohen bist. Mach dir ihre Sichtweise nicht zu eigen, das bringt nichts. Das ist Selbstsabotage. Du hast als einzige den Mumm gehabt, denen den Rücken zu kehren, auf Integration und Anerkennung zu verzichten, auf alles zu verzichten. Und nun denk mal logisch, wir haben darüber gesprochen, das Training…"

„Ich weiß, ich weiß", Sinija kratzte sich am Hinterkopf. „Ich bin voll auf Kurs. Wenn meine Gedanken nur nicht so herumspringen würden."

„Bist du später auch auf der Verabschiedung von Daniel?", fragte Birte.

Sinija nickte.

„Okay, dann lass uns noch ein paar Sachen besprechen und dann fahren wir hin, okay?"

30. Kapitel

„Er meinte, er will auf seine alten Tage in die Bücherstadt reisen und ihr Geheimnis lüften", sagte Svea und schenkte den anderen Sekt ein.

„Das darf er nicht, das ist lebensgefährlich", entrüstete sich Schmidt und fuchtelte mit den Händen.

„Ach Schmidt, das war doch nicht ernst gemeint", erwiderte Svea und verdrehte die Augen. „Du bist immer so humorlos."

„Darüber macht man keine Scherze. Da sind schon Hunderte umgekommen", erklärte Schmidt und rückte seine Brille zurecht.

„Falsch. Nicht zurückgekommen", ergänzte einer, dessen Namen Sinija nicht kannte.

Sie wartete eigentlich nur noch auf eine passende Gelegenheit, um sich unauffällig zurückzuziehen und die Veranstaltung unbemerkt zu verlassen. Vielleicht war jetzt ein guter Moment, alle schienen in ein emotional aufgeladenes Gespräch über die Bücherstadt vertieft. Sinija überlegte, dass es nicht schlecht wäre, so zu tun, als würde sie sich beim Buffet nochmal was holen, denn gleich rechts davon war die Ausgangstür und dahinter die Garderoben.

Sie schlich dorthin und ließ ihren Blick über die Teller und Servierschalen wandern, so als würde sie sich noch nicht entscheiden können, was sie nehmen sollte.

„Entschuldigung", sagte eine Stimme neben ihr und sie zuckte unwillkürlich zusammen.

„Ich wollte mich kurz vorstellen, ich bin De, seit heute offiziell dein Nachfolger", sagte ein junger Mann und reichte ihr die Hand.

Sinija schüttelte diese und schaute nur nach unten auf den abgenutzten Parkettboden. Sie wusste nicht, was sie sonst machen sollte.

Nach einer kurzen Pause entfernten sich die Hände wieder voneinander und keiner sagte etwas. Sinija dachte an ihre Fluchtpläne und wusste jetzt nicht mehr wohin mit sich.

„Vielleicht…", stotterte ihr Gegenüber, „kannst du mir ja bei Gelegenheit ein paar Handgriffe zeigen. Ich komme noch nicht so gut zurecht und alle schwärmen davon, wie du die Abrechnung abgewickelt hast."

„Ja, gerne", Sinija nickte etwas übertrieben und dann quetschte sich jemand zwischen sie, der zum Buffet wollte.

Das Gemurmel der anderen schwoll jetzt wieder an, umhüllte sie. Es wurde gelacht und geschäkert und eine Gruppe von Leuten schwemmte sich und Sinija nach draußen. Sie stellte fest, dass es dunkel geworden war und betrachtete die Schwärze, durch die ein paar graue Schleier zogen.

„Ich glaube, ich seile mich langsam mal ab", kündigte Sinija an.

„Nein, der Abend geht doch gerade erst los, du kommst mit zum Tanzen", rief Svea links von ihr und lachte zu übertrieben und zu nah in ihr Ohr. Sie hatte wohl schon wie die anderen einiges an Alkohol getrunken.

„Eine gute Gelegenheit, um zu üben, die Fluchtreflexe zu überwinden", sagte Klaus von der rechten Seite.

Sinija verdrehte die Augen und seufzte. Was wusste er schon. Wenn sie jetzt ihren Alltag änderte, geriet womöglich das momentane Gleichgewicht, in dem sie sich glücklicherweise befand, aus den Fugen.

„Ich glaube dieser Abend, die Nähe zu uns allen, das wird dir gut tun", fuhr Klaus fort.

Sinija dachte an die Einträge in ihrem Notizbuch der letzten Tage. Vielleicht hatte er recht. Andererseits gab es kein einfaches Rezept gegen ihre Probleme, auch Klaus hatte keins.

„Ich schau mal", murmelte sie und konnte gar nicht sagen, ob Klaus es gehört hatte.

Sie kamen an einem Gebäude an, aus dem laute Musik dröhnte und vor dem dutzende von Leuten standen, die teils sehr ausgefallene und geradezu exzentrische Outfits trugen.

Sinija versank darin, einen Androiden alter Bauweise zu betrachten, der von oben bis unten mit bunten Federn geschmückt war. Auf seinem metallenen Kopf ragten etliche, meterlange, knallrote

Flugfedern heraus, die permanent hin und her wipp-
ten, wenn er sich bewegte und seinen Kopf drehte.

Die Federn waren exakt denen der Vogelmenschen nachgebildet und Sinija musste daran denken,
dass ihr Vater ihr nicht viel von ihrer Mutter erzählen
konnte, außer dass sie rote Federn gehabt hatte. Sie
war bei einem der erbitterten Kämpfe gegen welche
mit grauen Federn auf seinen Kartoffelacker gestürzt
und hatte sich den Flügel gebrochen. Zuerst wollte er
sie töten, doch dann kam alles ganz anders.

Sinija hatte all die Jahre Ausschau nach den Roten gehalten in dem trüben abgedunkelten Himmel.
Manchmal blitzte kurz etwas auf, aber hier waren die
Federn und diese Farben ganz nah und sie spürte
diese Sehnsucht.

Ihre Gedanken wurden durchschnitten von ein
paar Bombeneinschlägen in der unmittelbaren Nähe
und Sinija zuckte zusammen. Der Android lachte
über einen anscheinend guten Witz und rollte mit
seinen Freunden ins Gebäude hinein. Auch Sinija
wurde von ihrem Pulk hineingeschoben und ein
paar der Leute zogen im Eingangsbereich ihre Jacken
und Mäntel aus. Sinija drückte den Mantel, den sie
nie auszog, fest an sich.

Bunte Lichter, Bassgedröhne, Körper unter-
schiedlicher Textur in direkter Nähe, Hitze und
schlechte Luft schlugen ihr entgegen. Sie wollte
schnell wieder da raus, aber es ging wohl nicht. Der

Organismus, dessen Teil sie jetzt war, trug sie weiter rein. Diese Enge, aus der es kein Entkommen gab, dicht an dicht sich bewegende Körperteile, manche Gesichter, Arme und Rücken kamen ihr bekannt vor, andere paillettenbesetzten Köpfe, nackte Schultern und angerosteten Nacken waren ihr völlig fremd. Manch eine Hand streifte ihren Oberarm, ein undifferenziertes Lebewesen grinste sie mit geschlossenen Augen an, jemand flüsterte ihr etwas ins Ohr, sie spürte aber nur den feuchten Atem davon. Sinija schloss ebenfalls die Augen und ließ sich tragen, weit weg.

31. Kapitel

Als sie die Augen wieder aufschlug, schreckte sie zusammen. Dieses Zimmer kannte sie gar nicht. Sie tastete nach ihrer Tasche, um das Notizbuch herauszuholen. Beides war nicht auffindbar. Schob eine geblümte Decke von sich. Zum Glück hatte sie ihren Mantel noch an, das war schon mal beruhigend.

Ihr Blick fiel nach draußen, durch das Fenster. Es war verdammt hell. Ein leichter Schwindel erfasste sie, Übelkeit stieg aus der Magengegend hoch. Die Atmung wurde flach und hektisch, sie schnappte geradezu nach Luft. Konnte sich aber auch nicht durchringen, aufzustehen oder sich wieder hinzulegen, irgendjemanden anzurufen oder anzusprechen. Sie versank einfach in ihrer Welt, einer Starre.

„Sinija, es gibt Kaffee", hörte sie plötzlich unweit ihrer Bewegungslosigkeit und konnte sich wieder regen.

Svea lächelte sie breit an. In der Küche lungerten noch ein paar weitere verschlafene Gestalten herum.

„Du bist neu in der Stadt?", fragte Birte De und goss sich Milch in die Tasse.

Sinija nahm sich ein Glas und füllte kaltes Leitungswasser hinein. Sie fragte sich ob De ein Humanoider war oder einer dieser modernen Androiden. Das war schwer zu sagen und eigentlich auch egal. Optisch sah er auf jeden Fall sehr angepasst aus.

„Ja, ich muss mich noch zurechtfinden, Namen lernen und sowas", erwiderte er und ihre Blicke trafen sich für einen kurzen Moment.

„Sinija, willst du etwas frühstücken? Wir haben hier noch Käse, Marmelade, Geflügelwurst…", Svea strahlte sie offenherzig an, doch Sinija wurde bei dem Wort „Geflügel" plötzlich ganz schlecht.

Klaus tauchte hinter ihr auf und verdrehte die Augen.

„Sie hat es nicht so gemeint", sagte er tonlos, sodass Svea es nicht hörte.

Sinija dachte an die Verwandtschaft ihres Vaters, die dem Kannibalismus zugeneigt war und fragte sich ob die sie auch gerne zu einer Wurst verarbeitet hätten oder doch lieber zu einer Pastete.

„Vergiss es einfach", flüsterte Klaus ihr jetzt von links ins Ohr. „Du hast das gestern toll gemacht. Lass dich jetzt nicht von so einem Unsinn triggern."

Sinija nickte zustimmend. Wenn das nur so einfach wäre. Sie musste jetzt wirklich gehen. Ihre Tasche fand sie im Flur. Zog sich die Schuhe an und öffnete die Haustür.

Sie lief die Stufen nach unten und raus auf den Bürgersteig. Alles war voller Rauch, Sinija war erstmal verwirrt und hielt sich ihren Mantelkragen vor Mund und Nase. Die Augen brannten. Sie rannte in irgendeine Richtung und glücklicherweise wurde die Luft besser. Das Kriegsgebiet mal wieder. Sie hatte diesen Konflikt noch nie verstanden, er war wohl auch bereits seit Jahren am Laufen und gehörte traurigerweise schon zum Alltag. Diese Biogasanlage war natürlich extrem wertvoll und die Leute, die sie besetzt hatten wollten einfach nicht nachgeben. Es wunderte sie auch nicht, schließlich ließ sich damit ordentlich Kapital generieren und damit der Zugriff auf andere Rohstoffe wie verschriftlichtes Wissen, Produkte aus den Fabriken, Medizin, Mobilität, sogar extraterrestrisches Material etc.

Sinija wühlte auf dem Weg nach Hause nach ihrem Buch, um nachzulesen, was sie letzte Nacht verpasst hatte. Sie schlug die letzte beschriftete Seite auf. Hieroglyphen. Nicht schon wieder. Dieses Spiel gefiel ihr nicht. Sie konnte nun wirklich jede hier geläufige Sprache reproduzieren, woher um Himmels Willen kamen dann diese sonderbaren Schriftzeichen, es ergab einfach keinen Sinn. Toll. Diese Teile ihres Gehirns, die so spaßig aufgelegt waren, dass sie sich eine Phantasiesprache einfallen ließen, um ihr bloß zu verheimlichen, was sie in den letzten zwölf Stunden verpasst hatte, waren anstrengend. Es war doch schon alles kompliziert genug, es gab keinen Grund es noch komplizierter zu machen.

In der Wohnung angekommen zog sie als erstes den Mantel aus. Ihr Rücken brauchte dringend eine Durchlüftung. Sie ging ins Bad und schaute in den Spiegel. War ich das, fragte sie sich. Sie hatte sich noch nicht an ihr Spiegelbild gewöhnen können. Ihr Vater hatte keinen Spiegel besessen und sie hatte das erste Mal vor sechs Monaten, als sie hier ankam, sich selbst gesehen.

Ihre Haare waren eine Ansammlung von ungleichmäßigen Längen und zerrupften Strähnen, die durchbrochen waren von Stellen auf der Kopfhaut, die von glänzenden Schuppen besetzt waren. Sie schimmerten grau-rot, je nach Lichteinfall. Das Rot von ihrer Mutter, das Grau vom dunklen Haar ihres Vaters. Die Schuppen zogen sich über die Schläfe bis zur Wange. Wie ein Freak sah sie aus. Die anderen dagegen: Normale glatte Haut, geschlossenes Haarkleid, normale Augen, keine kleinen Federn als Augenbrauen. Kein Wunder, dass ihre Verwandtschaft Hühnerbrühe aus ihr machen wollte. Und dann noch ihre Pupillen. Sie kam ganz nah an den Spiegel und stierte hinein. Irgendwas stimmte mit denen nicht. Das sollte sie sein? Ein innerer Widerstand überkam sie. Nein, das da in den Augen, das war eine andere Person. Vielleicht die, die immer das Kauderwelsch schrieb. Eine böswillige, arglistige, lebensfeindliche, narzisstische, zerstörerische Frau, die Černaja hieß. Sie war nicht liebenswert, sie war gefährlich und grausam, immer auf ihren eigenen Vorteil bedacht und unbarmherzig. Kein Wunder, dass sie nicht wollte, dass man ihre Texte verstand.

Sinija drehte sich weg und atmete tief durch. Erstmal duschen.

32. Kapitel

Was passiert eigentlich, wenn einzelne Teile seiner Selbst sich in unterschiedlichen Richtungen verfahren, einige davon in Sackgassen landen, andere in Unfälle verwickelt werden und manch einer ganz verloren geht.

Sinija kniff die Augen fest zusammen und dachte angestrengt darüber nach, welche Frage Birte ihr gerade gestellt hatte. Wie konnte ihr Gehirn sie nur immer wieder so im Stich lassen? Sie riss die Augen wieder auf.

„Weißt du was Birte", rief sie plötzlich und ihre Stimme hallte in der Lagerhalle von den Blechwänden. „Wir machen das heute mal ganz anders."

Birte hob die Augenbrauen.

„Los, komm mit", rief Sinija wieder und hängte sich die Tasche um. „Wir müssen raus aus dieser Halle, raus aus der Stadt."

„Wohin soll es gehen?", fragte Birte, als sie die Straßenbahnhaltestelle erreichten, die ein ganzes Stück von der Lagerhalle entfernt in dem verlassenen Gewerbegebiet lag.

Eine komplett leere Straßenbahn mit einem einzigen autonom fahrenden Waggon näherte sich ihnen. Weit und breit war niemand zu sehen.

Ja, wohin sollte es gehen, wusste sie das überhaupt. Sie hatte so den Verdacht, gar nichts zu wissen. Sie war Teil dieses Projektes und gab vor, mitzuarbeiten, aber in Wirklichkeit drehte sie sich permanent um sich selbst, um ihr eigenes Ego, welches so verdammt wichtig war, das so viel Platz und Zuwendung brauchte. Sie konnte es nicht mehr hören, sie sollte sich einmal wie ein erwachsener Mensch benehmen und nicht wie ein Hundewelpe, der verloren gegangen war. Sie sollte sich zusammenreißen, das Leben in die Hand nehmen und es durchziehen, so schwer war das nicht, denn alle Menschen machten das jeden Tag.

Sie sollte aufhören mit dem Lamentieren, Abwägen und diesem Rumgekritzel in dem Buch, das brachte nichts. Das Leben fand da draußen statt, nicht in ihrem Kopf. Also musste sie es auch da draußen leben, sonst wurde das nie was.

„Ich weiß das alles schon längst. Es ist nur so, dass ich immer und immer wieder die Orientierung verliere. Als wäre… als würde mein Navigationsgerät jede Stunde die Route ändern… Zu einer Route wechseln, die in einer Stadt liegt, in der ich mich gar nicht aufhalte. Wie soll ich denn so funktionieren?"

„Wie meinst du das, wir haben kein Navi an, von welcher Stadt sprichst du?", fragte Birte als die Türen der Bahn sich vor ihnen öffneten.

Ausreden! Sie konnte auch sehr gut ohne Navi fahren, ohne Orientierungssinn, sie wollte nur nicht, verschanzte sich lieber hinter ihren Ängsten und Unsicherheiten.

Sinija schwieg und starrte aus dem Fenster auf die gottverlassenen Überreste des alten Geothermiekraftwerkes, das früher von der Stadtverwaltung betrieben wurde. Es stimmte. Sie musste sich das aufschreiben, ohne Navi fahren, ohne Stadtkarte. Das war wichtig.

„Es gibt keine Richtung, es gibt kein Ziel", sagte sie.

„Dann lass uns zurück in die Stadt fahren", erwiderte Birte und warf ihr einen ängstlichen Blick zu.

„Es gibt auch kein Zurück", murmelte Sinija. „Das Leben besteht nur aus Stolpersteinen und Umwegen, ohne Ziel, ohne Richtung, ohne Umkehr. Oder ist das bei dir anders, Birte?"

Sie stiegen noch zwei Mal um. Hier war es gut. Sie liefen in den Wald. Seit sie ihr Heimatdorf verlassen hatte war sie nicht mehr hier draußen gewesen. Es war sehr still, ganz anders als in der Stadt. Hin und wieder war ein Knarzen der Baumstämme zu hören. In der Ferne lief ein Spinnen-Mensch scheinbar orientierungslos herum.

„Der Boden ist staubig und ausgetrocknet", Birte scharrte mit dem Fuß herum. „Schau mal, da irgendwo ist etwas Sonnenlicht zu sehen, eine Lücke möglicherweise. Sinija, was machst du da?"

Sie war dabei einen der Baumriesen hoch zu klettern. Die Regenrinne, die am Stamm befestigt war und alte abgebrochene Aststümpfe halfen ihr dabei.

„Komm da runter, ich möchte nicht dass die da oben auf uns aufmerksam werden", rief Birte.

Sinija reagierte nicht.

„Du kannst mich hier nicht allein stehen lassen", rief Birte noch einmal.

Auf etwa zehn Metern Höhe hielt Sinija an. Klammerte sich mit einer Hand an einen Rest Ast fest und zog mit der anderen ihren Mantel aus, ließ ihn nach unten fallen. Sie schaute ihm hinterher und sah wie Birte ihr irgendwas sagen wollte, aber es kam nicht bei ihr an. Von hier oben sah alles kleiner und übersichtlicher aus.

Ihre Hände konnten sich kaum noch halten. Sie breitete die Flügel aus und flatterte auf und ab. Das ging. Es tat gut sie zu bewegen, nachdem sie so ewig eingepackt waren. Sie schlug stärker, sodass ein lautes Geräusch entstand. Dann ließ sie los.

33. Kapitel

„Nach den neuesten Berechnungen wird das bisher bestehende Ökosystem Wald auf dem Kontinent, der für die Stromerzeugung zuständig ist, spätestens in zehn Jahren komplett zusammenbrechen. Wie schon seit Jahrzehnten bekannt, führt die exponentielle Ausbreitung der Spezies Vogelmensch und der mit ihr konstruierte Lebensraum…", Sinija blätterte mit Mühe die Seite der Zeitschrift um, „… zu einer dauerhaften Austrocknung der Böden, zu einer fast nicht vorhandenen Grundwassermenge, zu einem enormen Artensterben. Diese Prozesse, einmal in Gang gebracht, sind nicht mehr aufzuhalten. Es steht sogar die Frage im Raum, ob nicht die gesamte Energieversorgung der Erde und damit der anderen vier Kontinente langfristig vor dem Aus steht. Als einzige Maßnahme, um gegenzusteuern, gelten nach neuesten wissenschaftlichen Erkenntnissen…"

„Die Röntgenbilder sind jetzt da", sagte die Krankenschwester beim Reinkommen.

Sinija blickte auf und legte die Zeitschrift zur Seite.

„Kein Bruch, aber eine leichte Verstauchung. Sie müssen die Hand sechs Wochen lang schonen. Ich lege Ihnen jetzt einen Verband an."

Die Pflegekraft begann sehr sorgsam die Gipsbinden aufzuwickeln und um Sinijas Handgelenk zu legen.

„Sie haben die schmalsten Hände, die ich je gesehen habe", murmelte die Krankenschwester dabei vor sich hin. „Die Handwurzelknochen sind ungewöhnlich lang und liegen eng beieinander, das hat man auch auf dem Röntgenbild gesehen."

Sinija wusste dazu nichts zu sagen. Der Schwester schien das alles zu gefallen, sie lächelte und summte vor sich hin.

„Kontrolle in zwei Wochen", schloss sie ihre Arbeit ab und räumte die Utensilien weg.

„Danke", sagte Sinija und betrachtete ihre linke Hand ausgiebig.

Die Pflegekraft verließ das Zimmer.

Eigentlich brauchte sie dieses klobige Ding auf ihrer Linken nicht. Ihre Knochen heilten schneller als die von Menschen und schmerzunempfindlicher war sie auch, alles reinster Schnickschnack, den sie ertrug damit sich Birte besser fühlte und darauf vertraute, dass alles seinen gewohnten Gang ging und in Ordnung war.

34. Kapitel

In den nächsten Tagen war Sinija so sehr davon genervt, dass sich alle nach ihrem Gips erkundigten, dass sie ihn zuerst zu verstecken versuchte, und, als das nur bedingt funktionierte, anfing unter dem Schreibtisch heimlich mit dem Brieföffner daran herumzusägen, um ihn irgendwie abzubekommen. Immer wenn Birte ins Büro kam, schaute sie ganz misstrauisch, sagte aber nichts.

„Ich hatte letztes Jahr genau den gleichen Gips", sagte De plötzlich im Postzimmer neben ihr, als Sinija gerade die Briefe sortierte, die rausgeschickt werden sollten. „Reparatur am Windkraftwerk verlief nicht ganz nach Plan."

Er lächelte sie an und holte sich einen frischen Stapel Briefumschläge klein mit Fenster.

„Und wie hast du ihn wieder weg bekommen?", fragte Sinija und blickte wie magisch angezogen auf die Umschläge in seinen Händen, nur um ihm nicht in die Augen schauen zu müssen.

„Wie?", sagte De verblüfft, als hätte er die Frage nicht verstanden.

Sinija schob den Ärmel ihres Mantels hoch und entblößte das Kunstwerk. Klopfte mit dem Knöchel drauf.

„Steinhart", sagte sie dazu.

„Ohne Sägen geht da nichts", erwiderte De, legte die Umschläge beiseite, nahm ihren Arm und drehte ihn fachmännisch hin und her. „Die haben spezielles Werkzeug dafür im Krankenhaus."

„Nein", erwiderte Sinija und ließ die Schultern hängen. „Da gehe ich nicht mehr hin."

„Du kannst auch versuchen ihn zu zertrümmern. Aber die Gefahr, dass du dich noch mehr verletzt ist sehr hoch."

Sinija starrte auf seine Fingernägel, die sehr gepflegt aussahen. Es lag ihr auf der Zunge zu fragen, ob er ein Mensch war oder nicht. Aber für solche Gespräche kannten sie sich noch nicht gut genug.

Ihre eingegipste Hand wirkte im direkten Vergleich zu seiner wie eine Klaue, mit schmutzigen und schiefen Fingernägeln, verhornten und schuppigen Stellen an den Fingern.

„Ich denke ich lass deine Hand jetzt wieder los", sagte De, nachdem länger nichts gesprochen wurde.

„Ja, ich glaub die Interaktion zwischen uns war an der Grenze dessen, was zwei sich eher unbekannte Menschen, die wahrscheinlich noch nicht einmal zur selben Spezies gehören, zumuten können. Ich nehme mal meinen Gips und gehe wieder in mein Büro, um mir dort weitere Methoden, um dieses Ding amateurhaft aufzubrechen, auszudenken", erklärte Sinija.

„Und ich nehme meine Umschläge, die brauche ich doch so dringend, sonst wäre ich doch nicht hier", erwiderte De und ihre Wege trennten sich.

Sinijas Kopf fühlte sich plötzlich so warm an. Und sie hatte das dringende Bedürfnis ihren Mantel, den sie in der Öffentlichkeit sonst non-stop trug, auszuziehen und die Flügel zu lüften. Das ging natürlich nicht.

Alles war auf einmal zu eng, der Gips, der Mantel, das Büro, diese Welt, dieser Körper, dieser Kopf. Bevor Sinija wieder an ihrem Schreibtisch ankam, drehte sie sich um, lief zum Treppenhaus, um einen Stock tiefer bei Klaus zu stehen.

„Morgen. Morgen soll es losgehen", rief sie ihm atemlos zu.

Es war an der Zeit die alte Epidermis abzustreifen und etwas Neues zu beginnen.

35. Kapitel

„Morgen haben wir Betriebsausflug, hast du das vergessen?", fragte Klaus ohne von seiner Akte aufzublicken.

„Oh", seufzte Sinija.

Es war doch nicht an der Zeit etwas abzustreifen.

„Und wenn ich mich recht erinnere war da noch etwas mit deiner Hand", murmelte Klaus und blätterte die Seite um.

Sinija zog den Ärmel auf der linken Seite tiefer, auch wenn das Verstecken jetzt auch nichts mehr brachte.

„Sinija, gut dass ich dich treffe", hörte sie eine Stimme hinter sich und zuckte kurz zusammen.

Schmidt hatte sich lautlos an sie herangeschwebt. Es war ein großes Problem, dass viele das Gefühl hatten, er würde sich anschleichen. Vorwürfe, die er immer scharf von sich wies und auf seine natürliche Fortbewegungsform verwies, an der er kaum etwas ändern konnte.

„Du hattest doch auch schon einmal diesen Fall, dass die Einbehaltung aus dem Tilgungsplan einfach weitergelaufen ist, obwohl ganz klar eine Befristung vorlag. Jetzt geht es um Erstattungsansprüche, bei denen nicht eindeutig ist, ob diese nicht schon verjährt sind…"

„Lass mich mal schauen", sagte Sinija und nahm ihm ein paar Blätter aus der Hand.

„Interessanter Sachverhalt…", murmelte sie, „ich muss mir mal die Berechnungsgrundlage ansehen."

„Natürlich", erwiderte Schmidt und schwebte vor, Sinija lief hinterher.

„Wie läuft es in deinem neuen Projekt, wann wird es losgehen? Man sagt, du wirst zu einer längeren Dienstreise aufbrechen?", sagte Schmidt als sie sein Büro betraten.

Auf dieser Seite des Gebäudes war es wesentlich dunkler und stiller fand Sinija. Und auch die Aussicht, die auf den großen Innenhof und nicht die belebte Straße ging, war irgendwie statischer und trostloser. Schmidt hatte eins der wenigen Einzelbüros und auch wenn Sinija die Ruhe, die es ausstrahlte beneidenswert fand, war es geradezu etwas gespenstisch, was vielleicht auch an Schmidts Anwesenheit lag.

„Jaja, ich habe die Berichte gelesen", fuhr er fort, als er sich vor dem Computer positionierte. „Reinste Panikmache, wenn du mich fragst. Wir haben nun mal nicht das Ökosystem, welches vor zweihundert Jahren noch existiert hatte. Sowas ändert sich doch ständig, das muss nichts Schlechtes sein. Und wie soll überhaupt das Problem mit den wegfallenden Solaranlagen gelöst werden? Das ist mal wieder überhaupt nicht durchdacht. Sowieso, ich habe die Welt schon in so vielen verschiedenen Varianten gesehen… Solche schwierigen Phasen gehen vorbei oder lösen sich ganz von selbst auf, ohne dass man in sinnlosen Aktionismus verfallen muss."

„Deine Einstellung, dass sich Dinge am besten von allein regeln sollen, ist ja schon hinlänglich bekannt", erwiderte Sinija und ihre Finger huschten über die Tastatur. „Ich denke da nur an deine fehlende Bereitschaft, in den Friedensprozess zu investieren. Ich werde das Gefühl nicht los, dabei geht es dir vor allem darum Geld zu sparen um jeden Preis."

Schmidt öffnete seinen Mund und schnappte nach Luft, sein Bart zuckte dabei hin und her.

„Ja, schau mal hier", rief Sinija aus und zeigte auf den Bildschirm, „im Aktivitätenprotokoll… Hattest du das überprüft? Wurde vor einem Jahr eine Eingabe gemacht, die nicht plausibel ist, siehst du das?"

Schmidt klappte den Mund wieder zu und schwebte zu ihr.

„Wie hast du das aufgerufen?", fragte er.

„Du musst die Buchung stornieren", sagte Sinija und sprang auf, „und denk mal darüber nach, ob alles dem Prinzip ‚Kosten sparen' folgen muss. Denn was machst du mit den ganzen gesparten Kosten", sie lief zur Tür. „Nichts. Alles umsonst gespart."

„Das stimmt nicht. Ich will das Geld sinnvoll einsetzen, das weißt du doch. Investitionen in unsere

Gesellschaftsstruktur, die uns vorwärts bringen, das Leben besser machen", erwiderte er.

„Ich weiß, du meinst es nur gut. Aber Innovationen sind echt nicht dein Ding. Meins auch nicht. Ich muss jetzt los. Bis morgen."

36. Kapitel

„Um unseren Horizont zu erweitern, darf ich euch verkünden, dass wir heute in das Archiv für Buchseiten gehen", erklärte Klaus voller Stolz, drehte sich um und erwartete wie selbstverständlich, dass alle ihm hinterherliefen.

Ein Gemurmel entstand, aber alle folgten ihm sorgsam. Sie stiegen in die Straßenbahn und fuhren eine Stunde raus aus der Stadt, noch hinter das alte Geothermiekraftwerk.

„Wer hatte bloß die Idee diese verstaubte Cellulose-Sammlung zu besuchen?", fragte jemand, der hinter Sinija saß. „Ich kann mir nichts langweiligeres vorstellen."

„Letztes Jahr haben wir das Kriegsgebiet besucht, weißt du noch? Sei froh, dass wir das dieses Jahr nicht machen müssen", bekam die Person als Antwort.

Sinija scharrte mit ihren Füßen hin und her. Seit ein paar Tagen hatte eine furchtbare Unruhe sie ergriffen und sie konnte sich auf kaum etwas konzentrieren. Sie holte ihr Buch hervor und blätterte wahllos darin herum. Protokolle eines unsteten Lebens.

Sie überflog die alten Einträge bloß, sie konnte sich in sie kaum noch reinversetzen, vieles davon wirkte auf sie hysterisch überspannt. Kein Wunder, denn sie schrieb meistens nur, wenn es ihr nicht gut ging. Auf jeden Fall fand sie jetzt beim Durchkämmen kein Stichwort, keinen Kommentar, keinen Input, der ihr half, mit der momentanen Situation umzugehen. Es war aber auch wie verhext, immer wenn sie glaubte eine Lösung für ein Problem gefunden zu haben, kam eine vollkommen neue Herausforderung auf, auf die kein bisheriges Rezept passte. Also brachte das Aufschreiben eigentlich nichts.

Die Bahn hielt an ihrer Haltestelle und alle sprangen von ihren Sitzen.

Hier draußen war es windig. Ein riesiges Gebäude, auf der Fläche eines Windparks, mit der Höhe einer Kathedrale, vor dem sie wie kleine Ameisen wirkten, tat sich vor ihnen auf.

„Denkt bitte daran möglichst leise zu sein, Gespräche sind nur im Flüsterton erlaubt. Und immer schön zusammenbleiben, damit keine Hektik entsteht. Ihr wisst, die Spinnenmenschen sind sehr empfindlich, sie können bis zu zehn Mal intensiver Geräusche, Gerüche und Bewegungen wahrnehmen", erklärte Klaus und sie scharrten sich alle hinter ihm wie Gänseküken, um reinzugehen.

Die Gruppe schlüpfte durch den Besuchereingang, eine kleine Tür. Nebendran gab es noch eine, grob geschätzt acht Meter große, sehr schmale Tür, die für die Spinnenmenschen gedacht war.

Der Innenraum war noch überwältigender. Sinija schien es, als würde sich das Archiv unendlich weit in den Himmel erstrecken. Alles hier drin war in einen merkwürdigen Nebel gehüllt. Es türmten sich Regale über Regale in verrückten geometrischen Formationen wie ein dreidimensionales Labyrinth, das keine innere Ordnung zu haben schien. Auf den Regalen waren ausschließlich Blättersammlungen mal zu kleinen Päckchen geschnürt, mal lose aufeinandergestapelt, mal zusammengerollt. In allen denkbaren Formaten und Farben.

Zwischen den Regalen liefen oder vielmehr schwebten eine Handvoll von Spinnenmenschen. Sie hatten Füße, aber diese schienen nicht den Boden zu berühren. Außerdem hatten sie, und das hatte Sinija bisher nicht gewusst, wohl die Fähigkeit, mit ihren filigranen Körpern, die aus Spinnenweben zusammengesetzt schienen, durch die Regalkonstruktionen hindurchgehen wie Geister.

Sinija beobachtete ihr Auf- und Abschreiten durch den Raum und fragte sich, ob sich einige von ihnen zwischendurch im Nebel auflösten und andere sich aus dem Nebel formierten, es war nicht endgültig zu klären.

„Sinija, komm endlich", flüsterte Svea ihr zu und Sinija schaffte es kaum ihren Blick von dem wundersamen Geschehen abzuwenden. Sie ließ sich widerwillig mitschleifen und merkte erst jetzt, dass die gesamte Gruppe bereits zu einem anderen Treffpunkt vorgerückt war.

Vor ihnen stand einer der Spinnenmenschen in seiner ganzen Filigranheit und wartete bis die Gruppe vollständig war. Alle mussten die Köpfe ganz schön verrenken, um seinen Kopf zu sehen.

Sinija beobachtete die linke Hand des Wesens, die ganz in ihrer Nähe positioniert war. Beim genauen Hinsehen schienen sich die Konturen seiner Körperglieder immer wieder aufzulösen und neu zu bilden wie die Ränder einer Wolke.

Svea tippte sie wieder an und deutete nach oben. Der Spinnenmensch hatte angefangen zu sprechen, aus seinem Mund kam wie weißer Rauch und innendrin waren Buchstaben wie bei einer Sprechblase. Die Buchstaben lösten sich schnell auf und neue kamen nach.

„Willkommen in dem größten Wissens-Archiv des Kontinents. Ich zeige euch heute, wie wir die Blätter sammeln, sortieren, aufbereiten und archivieren. Folgt mir bitte."

Er lief vor und die Gruppe trippelte hinterher.

„Das ist wohl die verstaubteste Einrichtung, die ich je gesehen habe", flüsterte jemand vor ihr und die andere Person nickte. „Was ist schon so spannend an diesen Papierfetzen."

„Es ist die größte Herausforderung", fuhr der Spinnenmensch fort, „die Fragmente richtig zuzuordnen und in den korrekten Kontext zu bringen. Dies erfordert viel Feingefühl und Erfahrung."

Mit seinen Fingerspitzen hob er behutsam ein Blatt aus einer Ablage an der äußersten Ecke auf und hielt es hoch. „Das ist Seite 48 aus einem Band englischer Dichtung des 18. Jahrhunderts. Sehr schwer zu entschlüsselnde Sprache, der Inhalt ist kaum mehr sinnvoll einzuordnen. Aber wir versuchen es."

In diesem Moment kann hinter einem der riesigen Regale ein weiterer Spinnenmensch hervor. Er trug einen riesigen, badewannengroßen Korb, der voll mit einzelnen Buchseiten war. Die zwei verständigten sich kurz mit einer Art Zeichensprache, die aus minimalen Handbewegungen bestand.

„Wie ihr wisst", ging es dann weiter, „fangen wir die Blätter auf, die aus der Bücherstadt hierher geweht wurden und bereiten sie auf. Unser Standort in der Steppe ist dafür von großem Vorteil, so können wir – besonders bei starkem Wind – große Mengen ernten und der Allgemeinheit zur Verfügung stellen."

„Die sammeln alles auf und können nichts wegwerfen, kann man das schon als pathologische Messie-Verhaltensweise bezeichnen?", flüsterte die Frau vor Sinija und ein Kichern ging durch die Gruppe.

„Shh", ermahnte Klaus sie mit strengem Gesichtsausdruck.

Als sie weiterliefen und immer mehr in das Innere des Archivs vordrangen, kamen sie unmittelbar an einem hohen Regalaufbau vorbei, in dem sich

Tausende von losen Blättern stapelten. Sinija hielt kurz inne und starrte in den dunklen Gang, der so merkwürdig leblos und erstarrt wirkte. Sie bog ab und lief dort rein.

Rechts und links von ihr waren zu kleinen Päckchen gestapelte oder mit einer dünnen Schnur gebundene Papiere. Mal war ihre Farbe weiß, meistens grau, seltener braun. Sinija hatte selbst eine kleine Sammlung zu Hause aus der Zeit, in der sie noch bei ihrer Familie gelebt hatte. Stärkere Stürme hatten sie dort nicht, aber ab und zu kam es doch vor, dass ein paar Blätter zu ihnen geweht kamen und in den Büschen hängen blieben oder auf dem Boden, meistens völlig durchweicht und zerfetzt, landeten.

Die Dorfbewohner hielten nichts von diesen merkwürdigen Botschaften, aber Sinija liebte jedes der Blätter und lernte irgendwann, die dort benutzten Sprachen und Schriften zu verstehen. Was nicht hieß, dass sie aus diesen Buchfragmenten schlau wurde. Sie baute sich einfach eine skurrile und lückenhafte Alternativwelt daraus. Und wer wusste schon, vielleicht war das auch der Schlüssel dazu gewesen, dass sie den Absprung aus ihrem Heimatort geschafft hatte.

Sie konnte sich noch ganz genau an das eine Blatt erinnern, welches sie an einem Morgen auf dem Kartoffelacker aufgesammelt hatte. Es war beidseitig bedruckt und musste aus einer Art Enzyklopädie stammen. Das Papier war etwas fester, die Schrift klein und in enge Spalten gedruckt. Aber das schönste waren die kleinen Bilder, derer es auf jeder Seite vier bis fünf gab. Sie waren wie das Fenster in eine andere Welt. Der Umriss eines Landes auf einer physikalischen Karte, eine ungewöhnliche Raubkatze, eine Rakete, das Porträt eines Adligen, eine Kirche.

Jeden Eintrag studierte Sinija immer und immer wieder vor dem Schlafengehen und träumte sich in eine Welt, in der es so viel zu entdecken gab, die so reichhaltig war, die nie aufhörte zu sprudeln und immer neue, kuriose, tragische und unerwartete Beschreibungen über sich selbst hervorbrachte. Und irgendwie war das eine Blatt eine Verheißung, dass es mehr davon gab, ein Versprechen, dass viele Blätter und ganze Bände dieser Enzyklopädie folgen konnten, wenn man nur wollte.

Und dann war da eine Buchseite aus einem scheinbar philosophischen Werk. In einer ihr zunächst nicht geläufigen Sprache. Es dauerte lange, bis sie diese dekodiert hatte. Aber der Inhalt hatte es in sich. Es war ein Schreibstil wie ein Wind, der die Herbstblätter durcheinanderwirbelte und in der Luft tanzen ließ. Die Worte schmeckten wie exotische Früchte aus Übersee, die Stimme des Verfassers, sie meinte es war ein Karl-Gustav Wolkebarth, pulsierte in ihrem Gehirn und hallte in jeder Synapse wider.

Der abstrakte Inhalt war nicht in Worte zu fassen, aber er ergriff sie und ließ sie nicht mehr los. Eine Buchseite wie ein luzider Traum.

„Wir möchten dich bitten, bei der Gruppe zu bleiben", teilte ihr ein Spinnenmensch mit, der sich gerade vor ihr materialisiert hatte. Riss sie aus ihren Gedanken.

„Ich komme aus dem Vogelwald", gebärdete Sinija. „Gibt es Informationen, die mir nützen könnten? Ich werde morgen in die Hochebene fliegen und weiß noch nicht, was mich erwartet."

Der Spinnenmensch starrte sie mit seinem dünnen und konturlosen Gesicht an, etwas Verblüffung konnte sie dort erkennen.

Sinija musste sich ganz schön den Hals verrenken und merkte, dass es ihr schwerfiel, diese Lebewesen zu konzeptionalisieren, denn sie waren so geisterhaft und flüchtig. Kein Vergleich auch zu Schmidt, der eher einfach nur ein Mensch in Geisterform war. Aber diese hier waren fast nicht irdisch in ihrer riesenhaften Gestalt und mysteriösen Undurchdringlichkeit.

„Komm mal mit", gebärdete ihr Gegenüber und lief vorneweg.

„Wir wissen viel über den Vogelwald", erzählte er ihr beim Laufen, „aber eigentlich auch wieder nichts. Es ist ein Ort, um den sich dutzende Legenden ranken. Schwer zu sagen, was davon der

Phantasie entsprungen ist und was der Wirklichkeit entspricht. Wenn du willst, kannst du dir die Fragmente, die wir gesammelt haben, mal anschauen."

Er blieb an einem der Regale stehen, zog aus dem oberen Drittel einen Stapel Loseblattsammlung heraus und drückte ihn Sinija in die Hand. Sie schaute zunächst etwas perplex auf das Bündel, begann dann aber ein Blatt nach dem anderen herauszuziehen und es durchzulesen.

„Das Vogelmensch-Weibchen legt in der Regel ein einziges Ei, welches sie nicht ausbrütet, sondern sich selbst überlässt. So wächst der Nachwuchs ohne Eltern auf und ist sein Leben lang ein Einzelkämpfer ohne Familie. Damit sind sie Lebewesen, die nicht zur Empathie fähig und in einem Narzissmus gefangen sind, der sie zu rücksichtslosen Kampfmaschinen werden lässt. Dabei ist nicht zu unterschätzen, dass ihre Intelligenz die menschliche weit übersteigt, weshalb sie prädestiniert sind, die Herrschaft über die Welt zu übernehmen…"

„Schau mal auf das Erscheinungsdatum", gestikulierte der Spinnenmensch neben ihr.

Sinija wendete das Blatt hin und her und sah in einer Ecke, dass geschätzt wurde, dass das dazugehörige Buch vor hundert Jahren in einem psychologischen Fachwerk erschienen war.

„Der Vogelwald ist ein Werk des Teufels", stand auf dem nächsten Blatt, „und die einzige

Möglichkeit, ihm beizukommen, ist es, ihn niederzu-
brennen und mit ihm alle dort lebenden Geschöpfe,
denn sie würden ihn sonst immer und immer wieder
neu aufbauen und früher oder später den Untergang
der Welt einläuten."

Das war ebenfalls nicht besonders hilfreich und
schien noch älteren Datums zu sein.

„Der Feder des Vogelmenschen wird schon seit
jeher eine besondere Kraft zugeschrieben", las Sinija
stirnrunzelnd auf einem anderen Papier. „Sie wird
von den Bodenbewohnern gesammelt und im Austausch gegen andere Produkte an den Kontinent
überführt, der für die Textproduktion zuständig ist,
da nur mit Hilfe dieser Feder die herausragenden Beschreibungen produziert werden können, die auf der
ganzen Welt Anwendung finden und die Erde in ihrem Innersten zusammenhalten…"

Sinija schüttelte den Kopf und legte das Blatt beiseite. Als nächstes kam ihr eine geographische Karte
entgegen, auf der die Hauptsiedlungen eingezeich-
net waren. Dazwischen war viel freie Fläche, denn
Vögel mochten ausreichend Platz, um Fliegen zu
können. Die Siedlungen waren immer mit unterschiedlichen Farben hinterlegt. Lebten die Vogelmenschen eigentlich in Häusern, in Bauhöhlen?
Sinija spürte ein mulmiges Gefühl in ihrem Bauch.
Da hochzugehen war ein dämliches Unterfangen.
Was für eine Welt würde sie dort bloß erwarten?

Sie seufzte und blätterte die anderen Unterlagen durch. Dabei fiel ihr eine Fotographie eines anscheinend toten Vogelmenschens ins Auge, der wie eine Trophäe auf dem Boden lag, mit einem Fuß stand ein Mann auf ihm, er hielt ein Gewehr in der Hand. Auf einem anderen, dahinter liegenden Foto lag einer ihrer Vorfahren mit ausgebreiteten Flügeln auf einer Art Seziertisch, ebenfalls tot. Sinija schlug schnell alles zu, die anderen Fotos wollte sie sich nicht anschauen. Die dunkle Vergangenheit, von der man nicht mehr viel wusste. Heute gaben sich alle gleichberechtigt und zivilisiert.

„Hast du gefunden, wonach du gesucht hast?", fragte sie einer der Spinnenmenschen.

„Danke, das hat mir sehr weitergeholfen", erwiderte Sinija und legte den Stapel wieder zurück.

Sie hatte gar nicht bemerkt, dass es schon spät geworden war. Schnell rannte sie durch das Gebäude, ihre Schritte hallten durch den hohlen Raum, die Regale schienen unter den leichten Erschütterungen zu zittern. Die Gruppe war gerade nach draußen getreten und war auf dem Weg zur Bahnstation.

„Wo warst du so lange?", fragte Birte.

„Recherchen", erwiderte Sinija und holte ihre Wasserflasche aus der Tasche. „Das war ziemlich spannend."

„Spannend?", fragte eine Kollegin neben ihr und verdrehte die Augen.

„Ich wusste gar nicht, dass du ihre Sprache sprichst", De gesellte sich zu ihnen.

„Außenseiter müssen zusammenhalten", Sinija zuckte mit den Schultern. „Und für Sprachen habe ich ein Händchen."

Die Bahn hielt vor ihnen, die Türen öffneten sich.

„Apropos Händchen", sagte De beim Einsteigen, „hast du deinen Gips noch?"

„Oh ja, da erinnerst du mich an was", erwiderte Sinija und sie setzten sich gegenüber ans Fenster. „Würdest du mir helfen…", sie lehnte sich nach vorne und flüsterte, „… ihn heute noch zu zertrümmern? Aber erzähl das bloß nicht herum, es gibt Leute hier, die Einwände hätten."

„Meinst du wir kennen uns schon gut genug, um solche geheimen Projekte durchzuziehen?", fragte er.

„Nein, eigentlich nicht. Es ist ein Risiko. Es kann sein, dass wir nach dieser gemeinsamen Erfahrung uns auf unangenehme Art und Weise aus dem Weg gehen müssen. Das wird hart. Wir arbeiten schließlich in der gleichen Abteilung."

„Hm", De nickte und presste die Lippen aufeinander, sein Blick schweifte in eine unbestimmte Richtung. „Das ist tragisch, aber ich denke man braucht auch solche Kollegen, kann sich nicht mit jedem gut verstehen."

Nachdem sie in der Stadtmitte ausgestiegen waren und alle anderen sich ziemlich schnell verflüchtigt hatten, liefen sie zu einer anderen Station, um in die südlichen Stadtteile zu gelangen. Es begann schon langsam dunkel zu werden, als sie in einer geradezu ländlichen Gegend angekommen waren.

De schloss die Tür zu einem zweistöckigen Mehrfamilienhaus auf und sie traten in seine Wohnung.

Es gab quasi nur ein Zimmer, das spartanisch eingerichtet war.

„Von woher bist du hierhergezogen?", fragte Sinija und stellte ihre Tasche in der Ecke ab.

„Ich komme aus dem Norden, Polarkreis. Windräder. Es war eine verdammt lange Reise."

„Hast du das Meer gesehen?"

Sie setzten sich auf ein paar am Boden liegende Kissen.

De nickte. „Meine Familie wohnt ganz in der Nähe der Küste. Es ist mit dem Leben hier nicht zu vergleichen, es ist alles ganz anders."

Er lehnte sich zurück und sein Blick verlor sich in der Ferne.

„Ich kann mir das Meer nicht vorstellen, es muss eine unglaubliche Naturgewalt sein", sagte sie und zupfte an ihrem Hosenbein herum.

„Wir haben ja vor allem Off-Shore Windparks, da ist man viel auf dem Wasser. Das Nordpolarmeer ist auch besonders schroff, an manchen Tagen habe ich nicht geglaubt, wieder lebend an der Küste anzukommen."

„Seeungeheuer?", fragte Sinija.

De lachte. „Nein. Wind und Wellen, es ist ein ständiger Kampf."

„Deswegen bist du jetzt hier?"

De schüttelte den Kopf. „Du würdest es nicht verstehen."

Sinija runzelte die Stirn. Dinge, die sie nicht verstehen würde, gefielen ihr. Komplizierte Angelegenheiten, die womöglich ihren Horizont überstiegen, unbegreiflich waren, keinen Sinn ergaben, das war genau ihr Metier.

Bevor sie etwas sagen konnte, zeigte De auf ihre Hand. Sinija schob den linken Ärmel ihres Mantels hoch und klopfte auf den Panzer.

De stand auf und kam eine Minute später mit einem Hammer zurück.

„Bist du dir sicher, dass du den Gips nicht mehr brauchst?", fragte er und hob eine Augenbraue.

„Na klar", erwiderte Sinija. „Meine Knochen heilen superschnell, es ist schon wieder alles paletti."

„Okay", sagte De und setzte sich wieder neben sie. „Dann bitte stillhalten."

Er hämmerte erst ein paar Mal zaghaft auf verschiedene Stellen des Materials, dann etwas stärker. Suchte den Blickkontakt mit Sinija und lächelte unsicher. Dann holte er aus und schlug kräftig zu. Der Gips krachte.

„Wow", Sinija lachte erleichtert.

Begann die Bruchstücke vorsichtig zu entfernen.

„Manchmal wird einem das, was einen beschützt, einfach zu eng. Wie eine Häutung, dabei kommen Reptilien gar nicht in meiner Genealogie vor", Sinija strich über ihre neue Hand und fragte sich, was sie da überhaupt für einen Nonsens erzählte.

„Ein Neuanfang ist immer gut", er legte den Hammer beiseite und lächelte schief. „Mein Neuanfang hier hat leider nicht so funktioniert wie ich mir das vorgestellt habe."

„Warum?"

„Ich komme in der Einarbeitung nicht klar, kann dem Anspruch einfach nicht gerecht werden."

„Das ist bestimmt Unsinn. Nimm dir das, was Schmidt sagt, bloß nicht zu Herzen. Er ist zu jedem so."

„Du hast ja auch gut reden, du bist total angesehen."

Sinija schüttelte vehement den Kopf. „Du irrst dich gewaltig, wirklich. Komplette Fehleinschätzung. Die meiste Zeit kämpfe ich wie ein Fisch auf dem Trockenen, glaub mir."

De ging gar nicht darauf ein und schien mit seinen Gedanken ganz weit weg zu sein. Sinija schob die Gipsreste zusammen und ordnete sie immer wieder neu. Sie wünschte sich, sie hätte etwas Sinnvolles sagen können, doch es fiel ihr nichts ein.

„Ich denke ich werde zur Produktion wechseln", sagte er schließlich.

Sinija zog die Augenbrauen fragend nach oben.

„Man kann mich nirgends gebrauchen, dann werde ich meine Seele spenden, es können dann immerhin aus den Bruchstücken neue Seelen für die Androiden gemacht werden", erklärte er.

„Mach das nicht", flüsterte Sinija. „Das ist Quatsch. Ob du es mir glaubst oder nicht, wir brauchen so Leute wie dich hier. Die das Meer gesehen haben. Weit gereist sind. Etwas zertrümmern können. Versprich mir, dass du den Plan nicht durchziehst, bis ich zurück bin. Lass dich um Himmels Willen nicht zerlegen und recyceln, das ist keine gute Idee."

„Ich versuche es", murmelte er.

Sie verabschiedeten sich und Sinija machte sich auf den Nachhauseweg. In der Straßenbahn holte sie ihr Notizbuch heraus und wollte etwas aufschreiben, aber es kamen nicht die richtigen Worte. Hätte sie noch mehr auf ihn einreden sollen? Erging es ihr jetzt mit De so wie sich sonst immer Klaus mit ihr fühlen musste? Dass sie das Gefühl hatte, De hätte sich etwas total Verrücktes, unnötig Leidvolles, Selbstentfremdendes in den Kopf gesetzt und sie wusste einfach nicht, wie sie ihn davon abhalten sollte. Warum interessierte es sie überhaupt, sie kannten sich fast gar nicht. Vielleicht war es nur ein Helferreflex und er brauchte niemanden, der ihm half. Vielleicht war es das unterbewusste Gespür zu wissen, wie nah er am Abgrund stand und dass sie auch schon oft da gestanden hatte. Sie hatte noch nie jemanden getroffen, der freiwillig aus dem Leben scheiden wollte. Es ließ sie fassungslos zurück.

37. Kapitel

Als sie am nächsten Morgen noch vor Sonnenaufgang wieder aufbrach, waren ihre Glieder schwer und unbeweglich. Sie machte sich auf den Weg. Der Zug brauchte viele Stunden, um sie in die Nähe des Vogelwaldes zu bringen. Eine Strecke, die sie vor einiger Zeit schon einmal in die andere Richtung zurückgelegt hatte. Damals ohne Hab und Gut, ohne Perspektive, ohne Rückhalt. Die Erinnerung schwappte jetzt in ihr hoch wie eine halbverdaute Mahlzeit und brachte all die unangenehmen Ängste, Selbstzweifel und Dissoziationen mit sich.

Sinija hatte angesichts dessen redlich Mühe ihre Stabilität zu halten und spürte wie so oft den Boden unter ihren Füßen schwanken. Hinzu kam, dass Veränderungen ihr immer die Luft zum Atmen raubten, egal ob sie Gutes oder Schlechtes verhießen. Sie zeigten an, dass bisherige Routinen aufgelöst wurden und das war schon schlimm genug. Ein Kribbeln stieg in ihr auf. Die Landschaft zog vor ihren Augen vorbei, doch sie registrierte sie nicht.

Und dann war es Zeit, auszusteigen. Sie hatte bewusst kein Gepäck mitgenommen. Keine Tasche und kein Notizbuch, denn wer wusste, ob es in falsche Hände geriet, ob sie es verlor oder sich selbst auf die falsche Spur brachte. Sie wäre angreifbarer. Für das Reisen brauchte sie nur den Chip in ihrer Hand, das reichte. Sie stieg aus und lief einfach in den kargen Wald hinein.

Auf dem Weg wurden ihre Knie immer weicher. Der Mut verließ sie. Alles, was sie sich vornahm, endete stets im Chaos, nie in der Ordnung, so war es schon immer gewesen. So würde es auch jetzt laufen.

Sinija schaute nach oben in den Himmel. Irgendwo war die Sonne aufgegangen. Das dichte Blätterdach verdeckte ihre Strahlen. Ein ganz feiner Wind wehte um ihren Kopf. Sie erspähte einen Baum mit abgestorbenen Ästen und zog den Mantel aus. Sie hatte Mühe, an dem Stamm Halt zu finden und sich ein paar Meter hochzuziehen. Ihre linke Hand war noch nicht ganz belastbar. Der Körper bebte vor Adrenalin. Sie kletterte so hoch es ging. Als sie eine angemessene Höhe erreicht hatte, faltete sie die Flügel auseinander und machte ein paar Probeschläge. Mensch, die waren riesig. Sie schlug etwas schneller. Und dann schließlich der Sprung ins Freie.

Der Waldboden kam bedrohlich nah, aber sie drehte gerade noch rechtzeitig ab, streifte mit dem rechten Flügel einen anderen Baum, fegte mit dem Kinn wieder fast über den Untergrund, zog sich wieder nach oben und schlug kräftig in die Luft, immer höher und höher. Mit einer neuen Leichtigkeit ging es senkrecht nach oben. Aber mit Kurven, Abbremsungen und gezieltem Landen hatte sie es noch gar nicht. Ihre Augen suchten das Blätterdach flink nach einer kleinen Lücke ab.

Da war eine, aber sie flog mit zu hohem Tempo direkt daran vorbei. Aus Angst abzustürzen, sobald sie langsamer werden würde. Da, noch eine. Diesmal musste es klappen. Sie streckte ihre Hände aus, verlangsamte den Flug und rauschte direkt in die spitzen Äste. Hielt sich daran fest und zog sich, den Schwung ausnutzend, schnell dort hoch.

Sie hatte es noch nicht ganz drauf, die Flügel gekonnt zusammen zu klappen, sie verhedderten sich in der schmalen Lücke und Sinija musste ein paar Federn lassen. Aber es gab keine andere Wahl, sie zog sich ohne Rücksicht auf Verluste immer weiter hinauf, quetschte sich durch das nie endende Gestrüpp und griff einfach immer nach dem nächsten Ast, bis keiner mehr kam und sie ihren Kopf ins Freie zerren konnte.

Der Körper kam allerdings nicht so einfach hinterher, überall hängte und hakte es an ihr und sie hatte kurzzeitig die Befürchtung, nicht vor und nicht zurück zu können und in diesem Loch elendig verenden zu müssen. Stecken geblieben zwischen zwei Welten, zu keiner richtig dazu gehörend. Doch dann befreite sie einen Arm, dann einen zweiten und stemmte sich gegen alle Widerstände Zentimeter für Zentimeter in die nächste Sphäre.

Keuchend und schwitzend legte sie sich hin und betrachtete als erstes die ungewöhnlichen Pflanzen vor ihrer Nase. Ihre grünen Blätter waren lang und verschnörkelt wie Ornamente, die Früchte ähnelten Blaubeeren. Sie wäre am liebsten ewig in ihrer Deckung liegen geblieben, aber es ging nicht. Stattdessen rappelte sie sich mühsam auf, begutachtete die Kratzer und die lädierten Stellen an den Flügeln und richtete sich auf. Sofort hatte sie das Gefühl von der Sonne versengt zu werden, die erbarmungslos und viel näher als sonst auf sie runterknallte.

Sinija versuchte sich zu orientieren, schaute hektisch um sich, musste die Hand über die Augen halten, um die blendende Sonne abzuschirmen und… Alles was sie erkennen konnte waren kleinere und größere Pflanzen, Buschwerk, Teile von Baumkronen. Langweiliger, als sie es sich vorgestellt hatte. Sinija versuchte zu laufen, der Untergrund war jedoch extrem uneben und schien ausschließlich aus einem Geflecht aus Zweigen, Ästen und Wurzeln zu bestehen. Sinija stolperte ein paar Meter nach vorne, als sie von irgendwoher eine Stimme hörte.

„Hierher", rief jemand und Sinija versuchte, die Person zu lokalisieren.

Da sah sie einen winkenden Arm nicht weit entfernt. Ihr Herz fing an schneller zu schlagen. Sie bahnte sich, wie auf Eierschalen laufend, den Weg dorthin und erblickte relativ schnell einen

Vogelmenschen, der zwischen den fremdartigen Früchten saß.

„Was für ein Glück", rief er ihr zu. „Wo bist du nur hergekommen?"

Sinija wollte etwas antworten, aber ihr Mund fühlte sich ganz trocken an. Sie wollte unbedingt verbergen, dass sie ganz neu hier war, aber das war wahrscheinlich ein unmögliches Unterfangen. Die anderen würden sie ausnutzen, sie hereinlegen wollen, sobald sie mitbekamen, dass sie keinen Plan hatte. Und keine von ihnen war. Sie vielleicht misshandeln, töten.

Der andere saß da und redete auf sie ein. Sinija konnte den Blick von seinen sattgrünen Federn nicht abwenden. Seine Nase war spitz, statt Haaren hatte er eine Art Irokesen-Schnitt aus Federn, die bei jeder Bewegung hin und her wackelten. Sein ganzes Gesicht war unglaublich schmal und knochig.

„Du musst langsamer sprechen, ich verstehe nur die Hälfte", unterbrach sie ihn.

In der fremden Sprache hatte sie noch nicht so viel Übung.

Ihr Gegenüber starrte sie verständnislos an. Legte dann den Kopf schief. Verengte die Augen.

„Was bist du", sagte er schließlich betont langsam und musterte sie von oben bis unten.

„Was meinst du damit?", erwiderte Sinija möglichst gelassen und zuckte mit den Schultern. „Hast du irgendein Problem mit mir? Ich muss gleich weiter, also was gibt es?"

„Ähh", sagte er und schaute irritiert. „Du hast graue Federn?"

Sinija nickte und hoffte, dass ihre völlige Ahnungslosigkeit nicht zu offensichtlich war.

Schließlich zeigte er auf seinen Knöchel. Jetzt fiel Sinija auf, dass er einen relativ enganliegenden tannengrünen Anzug trug, der aus einer Art Jersey-Stoff gemacht sein musste. An den Füßen hatte er dunkelgrüne Schuhe aus Bast oder sowas. Zwischen Hosenbein und Schuh war eine blaue Verfärbung und Schwellung des Knöchels zu erkennen.

Er richtete sich auf einem Bein auf und hielt sich an ihrer Schulter fest. Sinija zuckte zusammen und musste sich beherrschen, um ihm nicht den Halt wegzuziehen.

„Ich brauche Starthilfe", sagte er wieder betont langsam.

Seine Augen funkelten – natürlich grün – und zuckten listig hin und her. Sie konnte seine Mimik und Gestik nicht eindeutig zuordnen. Hatte er auch Angst vor ihr? Es schien fast so, obwohl es keinen Sinn ergab.

„Ich muss nach Hause. Wurde angegriffen und bin abgestürzt", erklärte er und sie humpelten zusammen aus dem Blaubeer-Feld heraus. „Seit gestern sitze ich hier fest. Kann ja nicht aus dem Stand losflattern mit einem Bein. Am besten du nimmst mich Huckepack und mit etwas Anlauf müsste es klappen."

Sinija war nicht so begeistert von der Idee.

„Wo ist die nächste Stadt?", fragte sie beim Weiterlaufen.

„Stadt? Was für eine Stadt?", lachte er schrill. „Du bist eine merkwürdige Graufeder. Haben die euch tatsächlich so zu Kampfmaschinen gedrillt, dass fast keine Gehirnzellen mehr übriggeblieben sind? Oder bist du auf der Flucht vor deinen Leuten und willst zu diesen dreckigen Löchern der Homo Sapiens? Da musst du ein Stockwerk tiefer gehen und dann immer dem Lärm und dem Gestank nach."

Sinija verdrehte die Augen.

„Sie haben dich rauschgeschmissen, stimmts?", lachte er weiter. „Nein, kleiner Scherz. Jeder weiß, dass die Grauen niemanden gehen lassen. Also, was machst du dann hier?"

„Willst du jetzt deine Starthilfe oder was?", entgegnete Sinija.

Sie musste diesen Grünling endlich loswerden.

„Ich hoffe, du bist nicht so schwer, du bist fast einen Kopf größer als ich", sagte Sinija mit Blick auf seine Statur.

„Spinnst du? Ich bin viel leichter als du, schau dir doch mal deine dicken Arme und Beine an, du stammst wohl von einem Truthahn ab", lachte er wieder und bekam sich kaum ein.

Sinija, die sich bisher als normalgewichtig wahrgenommen hatte, schwoll vor Wut der Kopf an. Was erlaubte sich dieser komische Vogel?

„Okay, ich glaube wir können loslegen", sagte er schließlich, als er fertig gelacht hatte.

Sinija fühlte sich extrem unwohl bei dem Gedanken einem anderen Körper so nah zu kommen. Es schüttelte sie innerlich und sie musste einen plötzlich aufsteigenden Fluchtreflex unterdrücken. Augen zu und durch.

Sie standen beide stumm nebeneinander und schauten aneinander vorbei. Schweigen konnte er also auch. Keiner wusste wie anfangen. Die Stille war unerträglich und Sinija merkte wie ihre Beine sich in Gummi verwandelten, auch weil sie heute noch nichts gegessen hatte.

Es dauerte lange, bis sie sich schließlich aufeinander zubewegten und Sinija sich die dünnen Storchenbeine auf den Rücken lud. Ihre Sinne waren extrem angespannt. Ihr war nicht wohl dabei dem Grünen ihren Rücken zuzuwenden.

Sie wollte gerade ein paar Schritte Anlauf nehmen, da sah sie im Augenwinkel eine ausladende Bewegung hinter sich. Ohne nachzudenken ließ sie seine Beine los, aber er war schneller und knallte ihr etwas Schweres gegen den Hinterkopf, auch wenn er dabei leicht abrutschte. Sinija schrie auf, wirbelte herum, aber er hatte sich an ihrer Kehle festgekrallt und schnürte ihr mit enormer Kraft die Luft ab. Sie ließ sich nach hinten fallen und quetschte ihn wohl ordentlich mit ihrem Gewicht ein, sodass er kurz abließ. Drehte sich blitzschnell um und wollte ihn auf dem Boden fixieren.

Er war aber auch nicht ungeübt, schlug ihr kräftig ins Gesicht. Sinija taumelte nach hinten, er nutzte die Chance und rollte weg. Schmerz überkam sie. Aber der blanke Hass auf diesen falschen Vogel war größer. Sie konnte gerade noch seinen angeblich verletzten Fuß packen, sprang auf und schleifte diesen mit dem Rest zu dem Loch, aus dem sie selbst gekrochen war.

„Nein, tu es nicht", fand er plötzlich seine Sprache wieder.

Sinija konnte nicht antworten, ihr Sprachzentrum war nicht mehr im Einsatz. Sie stopfte ihn mit dem Kopf voran da rein, sodass er ordentlich Federn ließ und gab ihm zum Schluss noch einen saftigen Tritt. Weg war er.

Sie stand da und atmete schwer.

38. Kapitel

39. Kapitel

Darauf folgte ein Blackout, der alles durcheinander brachte. Teile von biographischem Wissen, ihr Name, ihre Geschichte, gingen verloren, das Zeitgefühl funktionierte nicht mehr richtig und die geographische Orientierung löste sich größtenteils auf.

Ihr Blick fiel auf ihre Hände. Waren es ihre? Sie betrachtete die Handinnenflächen, die mit Schürfwunden übersät waren, frischen und älteren, halb verheilten. Nein, das waren die Hände von einer anderen Person. Sie tastete nach ihren Flügeln und zog einen hervor. Dicke, grausilberne Federn. War das schon immer so gewesen? Auch diese Körperteile gehörten nicht zu ihr, seltsam. Sie tastete nach ihrem Notizbuch. Es musste hier irgendwo sein. Doch dann wusste sie, selbst wenn sie es finden würde, die Seiten wären alle leer.

Sie taumelte umher, bewusstseinslos, zeitlos, ziellos. Sie funktionierte noch. Manchmal pochte ihr Körper, doch der Schmerz war letztendlich weit weg und schaffte es nicht, ihre Aufmerksamkeit auf sich zu lenken.

Dann flog sie herum wie eine orientierungslose Drohne. Die Abenddämmerung setzte gerade ein, der Himmel verfärbte sich rot. Ein leichter Wind wehte, sodass sie sich von ihm tragen lassen konnte, in welche Richtung auch immer. Sie schloss die

Augen und tauchte einfach nur ab. Zumindest so lange, bis sie von etwas am Bein getroffen wurde, vor Schmerz aufschrie und wie ein Stein vom Himmel fiel.

40. Kapitel

„Sie gehört zu den Grauen, wir sollten sie töten", sagte eine Stimme neben ihr.

„Schau dir doch diese dicken Beine an, die ist nie und nimmer eine von denen", warf eine andere Stimme ein. „Und ihre Kleidung… sind das Streifen?"

„Ich kann vor lauter Blut nichts erkennen. Wer weiß, vielleicht ist sie schon tot?", sagte jemand anderes und trat mit dem Fuß gegen ihren Arm.

Čërnaja hatte irre Schmerzen an ihrem gesamten Körper. Sie ächzte vor sich hin, konnte sich aber nicht rühren dank dem Gefühl, dass jeder einzelne ihrer Knochen gebrochen war.

„Na toll, sie lebt noch. Bringen wir es hinter uns. Sie hat graue Federn und ist auch sonst ein furchtbar hässlicher Vogel, wer braucht sowas."

Čërnaja versuchte irgendwas zu ihrer Verteidigung zu sagen, bekam aber kein Wort heraus, sondern verfiel in einen furchtbaren Hustenanfall.

„Meinst du? Ich finde, sie hat was. Kommen euch ihre Gesichtszüge nicht irgendwie bekannt vor?"

„Sie hat ein Gesicht wie eine Kartoffel, oder? Ich weiß nicht, was du darin siehst."

„Kann ich jetzt auch nicht konkretisieren… Hm, ich bin so unentschieden. Einerseits sperrt sich in meinem Inneren etwas gegen die Vorstellung, sie einfach kaltblütig… ich meine, Leute, wir sind nicht wie die hirnlosen Grauen, die wie im Blutrausch sich auf alles stürzen, oder? Andererseits habe ich auch keine Lust, sie jetzt zu uns zu schleppen. Da ist der ruhige Abend, den ich für heute geplant hatte, auch dahin. Ich wollte heute die Sterne beobachten, wisst ihr, heute ist ein schöner klarer Himmel."

„Deswegen will keiner mit dir zusammenarbeiten. Du denkst zu viel nach, du kommst nie zu einer Entscheidung, du treibst mich in den Wahnsinn mit deinen Abwägungen."

„Okay ihr zwei, hört mit dem Quatsch auf. Ich trage den Vogel und er kommt zu der anderen, verstanden? Wenigstens gibt es Nachschub für einen weichen Schlafplatz."

„Siehst du, so fängt das an. Du gewöhnst dich an sie und dann bringst du sie eh nicht um, wollen wir wetten?"

„Das stimmt nicht. Letztens diesen Roten, den habe ich erledigt, stimmts?"

„Das zählt nicht, der war schon vorher tot."

„War er nicht."

„Leute, ich habe genug. Es ist schon stockdunkel, ich seh nichts mehr. Haben wir überhaupt noch Kapazitäten für einen weiteren Gefangenen, der muss ja auch im Zweifelsfall durchgefüttert werden. Was ist mit dem Grünen?"

„Nein, der ist wieder weggeflogen, weißt du nicht mehr?

Černaja spürte, wie sie unsanft hochgehoben wurde. Sie zuckte und ächzte unkontrolliert.

„Ja, ich kann mich vage erinnern. Es war so einer, der viel rumgejammert hat, das war echt nicht zum Aushalten mit dem."

„Der hat sich aus seiner Gefangenschaft herausgejammert."

Ein großes Gelächter brach aus.

„Wisst ihr noch, wie wir ihm angedroht haben, ein gegrilltes Hähnchen aus ihm zu machen?"

„Er hat es uns geglaubt, also waren wir wohl sehr überzeugend."

„Der dachte wohl wir sind wie die Kannibalen von da unten, ein ekelhaftes Volk. Wie kann sowas überhaupt existieren? Die sind so primitiv."

„Ach da fällt mir ein, wolltest du nicht die Tage runtersteigen, um die Regenrinne zu reparieren? Sonst geht uns der Baum noch ein."

„Ja, mach ich natürlich. So, da wären wir."

Černaja spürte wie sie abgeladen wurde. Sie öffnete kurz die Augen. Sternenhimmel.

Die Stimmen waren weg. Sie war allein in der Schwärze. Und konnte sich nicht rühren. War wie abgeschnitten von ihrem Körper. Konnte gar nicht so genau sagen, wo ihr was weh tat. Irgendwann versank sie in einem fiebrigen Traum. Dort lief sie eine

Straße entlang. Und obwohl sie einen Fuß vor den anderen setzte, bewegte sie sich rückwärts. Nach und nach verwandelte die Straße sich in eine glatte Wasserfläche, in der sich alles spiegelte. Ihre Schritte hallten wider als wäre sie in einer Höhle.

„Čërnaja, denk daran, dir deine Flügel nicht abzuschneiden", hörte sie Klaus' Stimme und sah im Halbdunkeln, dass er ein paar Meter entfernt ebenfalls auf der Wasserfläche unterwegs war.

„Fluchtreflex. Weißt du noch, was ich dir dazu erklärt habe? Es ist ein Fluchtreflex, dem du dich hingibst. Deswegen findest du dich immer wieder in dieser Lage wieder. Kämpfe dagegen an, ich weiß, dass du es kannst. Und lass dir die Flügel nicht abschneiden, du brauchst sie doch noch", seine letzten Worte waren nur noch wie ein Echo, als würde er sich entfernen. Sie blickte sich um, konnte seine Gestalt aber nirgends mehr entdecken, nur noch das flackernde Wasser unter sich.

41. Kapitel

Schweißgebadet schreckte Černaja hoch. Dicke Regentropfen klatschten ihr ins Gesicht. Ihre ganze Kleidung war durchnässt, sie zitterte unentwegt. Mit Mühe und Not richtete sie sich auf. Es war als hätte eine Straßenbahn sie überrollt. Sie unterdrückte einen Würgereiz und versuchte sich zu sammeln.

Černaja rieb sich den Kopf. Es war nicht mehr auszuhalten mit diesem wirren Schädel, es ging nicht mehr. Blutflecken auf der Hose, Einschusslöcher im Bein, verwahrlost lag sie da, gestrandet.

Beim Versuch aufzustehen schoss ein ekliger Schmerz durch ihr rechtes Bein und sie schrie unwillkürlich auf, fiel wieder hin und krümmte sich.

„Na, haben sie dich auch erwischt", hörte sie plötzlich hinter sich.

Černaja drehte sich, so gut es ging.

In dem fahlen Licht der Morgendämmerung erkannte sie einen anderen Vogelmenschen mit grünen Federn.

„Oho, diesmal hatten sie ja echt Glück, eine Graue. Wundert mich, dass sie dich nicht gleich erledigt haben, wie hast du denn das geschafft?"

Ihr Gegenüber saß da im Schneidersitz und kaute auf einem kleinen Zweig herum. Ihr Gefieder sah etwas heruntergekommen aus, die Kleidung abgenutzt und löchrig.

Čërnaja atmete tief durch, so langsam legte der Schmerz sich wieder. Trotzdem flimmerte es vor ihren Augen, so als ob sie schlechten Empfang hätte.

„Ich bin übrigens Ari. Und du… was ist eigentlich mit deinen Haaren", sagte die andere, legte den Kopf schief und verengte die Augen. „Sind das… sind das Erdbewohner-Haare? Aber wie ist das möglich?"

Čërnaja kniff die Augen mehrmals zu und versuchte all die Informationen um sie herum in eine sinnvolle Reihenfolge zu bringen. Gegenwart und Vergangenheit, oben und unten, innen und außen, Traum und Wirklichkeit, alles vermischte sich zu einer undurchsichtigen und unheilvollen Melange, in der man sich nur verlieren konnte.

„Jetzt hast du es fast geschafft", hörte sie eine andere Frauenstimme neben sich.

„Na, werdet ihr mich vermissen?", lachte Ari verbittert.

„Behalt deine Langfinger das nächste Mal bei dir und richte das auch deinen Freunden aus", sagte die andere Frau und entfernte sich wieder bevor Čërnaja ihr Erscheinen überhaupt verarbeiten konnte.

„Was ist mit der Neuen?", rief Ari ihr noch hinterher. „Habt ihr sie einer Gehirnwäsche unterzogen oder warum starrt sie komatös vor sich hin?"

„Was weiß ich, ich schau später nach ihr", bekam sie als Antwort.

42. Kapitel

Eine unbestimmte Zeitspanne war vergangen. Čërnaja, wie überlebensunfähig und wenig anpassungsfähig sie war, vermatschte immer mehr im Dauerregen neben der quasselnden Ari. Neben diesen Monologen hatte sich Čërnajas Kopf in einen Transitbereich für vergangene und fiktive Gesprächsfetzen verwandelt, in dem unterschiedliche Stimmen von Klaus, De, ihrem Vater, Birte und ihr völlig unbekannten Leuten durcheinander redeten. Mal erklärten sie ihr, was jetzt zu tun sei, ein anderes Mal unterhielten sie sich unabhängig von ihr über Biogasanlagen und Gurkenanbau, es war einfach furchtbar.

Plötzlich zerrte jemand an ihr.

„Komm mal mit, so kann das nicht weitergehen." Eine ältere Frau hatte sich an ihr zu schaffen gemacht und brachte sie in die Senkrechte. „Du bist glühend heiß."

Čërnajas Bein pulsierte vor Schmerz, hinzu kam ein Gefühl, als wäre es prall gespannt. Gemeinsam humpelten sie über einen holprigen und glitschigen Untergrund.

„Kriegt die jetzt eine Vorzugsbehandlung, oder was?", rief Ari aufgeregt. „Ich musste hier ordentlich meine Zeit absitzen ohne jegliche Unterstützung, wenn man mal von den Abfällen absieht, die ihr mir so freundlicherweise zur Verfügung stellt…"

Ihr Gezeter verschwand immer mehr im Hintergrund.

„Du bist ja noch ein halbes Kind, wie alt bist du Kleine?", fragte die Frau sie.

„Babu, lass sie dort liegen", kam jemand anderes hinzu, dessen Stimme sie von ihrer Ankunft her kannte. Sie konnte sie alle nur hören, nicht sehen.

„Lass mich das entscheiden, Jiri", sagte Babu resolut. „Sie stirbt doch sonst."

„Ja, das soll sie auch. Du kennst die Regeln, wer es nicht aus eigener Kraft schafft…", erwiderte Jiri.

„Hast du ihre Gesichtszüge gesehen?", flüsterte Babu jetzt kaum hörbar und legte sie auf etwas Weichem ab.

Babu entfernte sich und es folgte ein Gemurmel, das Čërnaja nicht verstehen konnte.

„Das macht es ja noch schlimmer", rief Jiri plötzlich aus.

„Shh", entgegnete Babu und ihre Stimmen wurden wieder sehr leise.

„Es ist und bleibt gegen das Gesetz, egal was du dir ausdenkst", sagte Jiri nun im normalen Ton.

„Okay, du hast recht", Babu kam jetzt wieder zu Čërnaja. „Lass mich mal das hier anschauen."

Sie zerriss mit Leichtigkeit den dünnen Stoff von Čërnajas rechtem Hosenbein und tastete mit ihren rauen Händen die Haut ab.

„Wir hätten sie nicht hierher bringen dürfen", sagte Jiri jetzt mehr zu sich selbst.

„Ach, du bist ja immer noch da", seufzte Babu und spülte mit einer kühlen Flüssigkeit Čërnajas Wunde.

„Die grauen Federn bringen Unglück, egal wo sie auftauchen, das ist schon lange bekannt. Und jetzt landen sie auch noch bei uns, dank dir. Es geht uns allen sowieso nicht gut, muss das auch noch sein?", lamentierte Jiri.

„Das sind Geschichten, dunkle Geschichten", bemerkte Babu und fing an, vorsichtig eine Salbe auf Čërnajas Wunde aufzutragen. „Du projizierst da etwas hinein. Das eine hat mit dem anderen nichts zu tun."

Es entstand eine längere Pause. Babu flößte Čërnaja eine Flüssigkeit ein. Legte ihr etwas Kaltes auf die Stirn.

„Es bleibt dabei. Sie ist in unseren Luftraum eingedrungen, das hat Konsequenzen", war das letzte, was sie hörte, dann dämmerte sie weg.

43. Kapitel

Am nächsten Morgen war es das erste Mal seit Langem, dass Čërnaja ihre Augen wieder öffnen konnte. Über sich erblickte sie ein kompliziertes Geflecht von Ästen, das eine Art Dach bildete. Es war sehr eng in dieser Art überdimensionalem Kobel, der mit wenigen spärlichen Einrichtungsgegenständen ausgestattet war. Sie selbst lag auf einem sehr niedrigen Bett, das erstaunlich weich war. Auf dem Boden, der mit einem dunkelblauen Wollteppich bedeckt war, befanden sich noch Sitzkissen und ein kleiner niedriger Tisch, auf dem ein Keramikkrug mit Wasser und ein Becher stand. In einer Holzkiste vermutete Čërnaja Kleidung. Sonst gab es nicht viel.

„Ich bringe dir was Frisches zum Anziehen", kam eine ältere Frau rein, die Babu sein musste.

Ihre Augenbrauen waren weiß und buschig, die Schuppen in ihrem Gesicht voller Lücken, die Augen mattblau-grau. Sie setzte sich auf eines der Kissen und legte einen Stapel Kleidung ans Fußende.

„Endlich sehe ich mal deine Augen", sagte sie und begann Čërnaja das T-Shirt auszuziehen. „Sie sind sehr ungewöhnlich. Dieses Blau kenne ich gar nicht, hattest du das schon immer?"

Čërnaja nickte langsam. Sie hatte doch immer grau-blaue Augen gehabt, oder?

Babu zog ihr ein frisches T-Shirt über, das etwas länger und weiter war, als sie es gewohnt war. Mehr ein Gewand aus festem indigofarbenem Leinen.

„Heute wechsle ich deinen Verband nicht, aber morgen", Babu strich über den fest gewickelten Stoff und übte leichten Druck aus. „Es schmerzt nicht mehr so schlimm wie gestern, oder? Ohne Schuppen hast du eine zu verletzliche Haut für diese raue Gegend hier", sie strich über ihr Knie. „Auch deine Seele hat eine zu dünne Membran, es ist einiges eingerissen."

„Babu, was soll dieses Gelaber?", das musste Jiri sein.

Er stand im Eingang, mit einem genervten Gesichtsausdruck. „Hast du die da jetzt aufgenommen, um sie zu therapieren, oder was?", er verschränkte die Arme und sein ultramarinblaues Gefieder am Kopf plusterte sich leicht auf. In dieser Gruppe waren sie wohl alle blau, von Ari einmal abgesehen, aber in unterschiedlichen Schattierungen.

„Komm mal her, mein Junge", sagte Babu und winkte Jiri zu sich her.

Widerwillig kam er rein und setzte sich mit einem lauten Seufzer auf eines der Kissen neben sie. Neben Babu fiel es Černaja noch stärker auf wie schlaksig seine Arme und wie hager seine gesamte Statur war, wie kräftig seine Federn leuchteten und wie eingefallen sein Gesicht war. Es war zudem fast nahtlos mit den Schuppen bedeckt, die sie auch von sich kannte. Einschließlich der Augenlider, was sonderbar echsenhaft wirkte, seinen Augen aber auch einen mystischen Glanz verlieh. Nur die Lippenregion schien entweder von Haut oder von weicheren Schuppen bedeckt zu sein, so genau konnte sie das nicht erkennen.

Čërnaja musste sich beherrschen ihn nicht zu sehr anzustarren. Sie senkte ihren Blick und blieb an seinen Fingerknöcheln hängen, an denen die Schuppen fast so fest wie Plättchen eines Schuppentieres wirkten. War er derjenige, der immer so unentschieden war? Es passte eigentlich nicht zu ihm.

„Warst du schon einmal unten auf der Erdoberfläche?", fragte Babu ihn.

Er schüttelte den Kopf.

„Solltest du mal machen, das würde deinen Horizont erweitern", Babu gab ihm eine leichte Kopfnuss und er quittierte dies mit einem grimmigen Blick. „Auf dieser Welt gibt es so viele sonderbare Dinge, so viele uns völlig fremde Abläufe und Phänomene. Wenn du dich immer nur auf das fixierst, was du kennst, wirst du nie mit ihnen in Kontakt kommen. Öffne deine Sinne und deine Wahrnehmung, dann erlebst du wirklich ein Abenteuer. Ich glaube unsere Besucherin kann uns dabei helfen."

„Du weißt genau, dass es verboten ist, die Erdoberfläche zu betreten. Und wie genau sollen diese primitiven Lebensformen dort meinen Horizont erweitern?", erwiderte er.

„Verbote, Regeln, Vorschriften, das ist alles, was dich interessiert. Man könnte meinen, du hättest eine Verwaltungsausbildung bei einer Behörde durchlaufen. Du würdest dort gut reinpassen", sagte Babu.

„Ja, ich finde auch du würdest da gut reinpassen", hatte Čërnaja ihre Stimme wiedergefunden. „So wie ich dich bisher kennen gelernt habe bist du sehr pflichtbewusst, präzise und übernimmst gerne Verantwortung. Junge und dynamische Bewerber werden in diesen Bereich immer gesucht."

Jiris Gesicht verfinsterte sich, er zog die Augenbrauen zusammen.

„Das ist Schikane", erklärte er und stürmte hinaus.

„Du kannst wieder sprechen", rief Babu und klatschte in die Hände.

„Ja, was für ein Glück, ich hasse diese Verstummungs-Anfälle", erwiderte Čërnaja und räusperte sich ausgiebig.

„Na, so würde ich das nicht bezeichnen", sagte Babu und deutete ihr an, die neue Hose anzuziehen.

„Es stimmt doch, wie soll man sonst einen Zustand beschreiben, bei dem man auf das intellektuelle Niveau eines Blumenkohls zurückfällt?"

„Ich kann es dir gerne erklären. Das ist ein Schutzmechanismus deines Körpers, den er

86

irgendwann gelernt hat. Aus Mangel an Alternativen hat er sich für diese Variante der Problemlösung entschieden, die er jedes Mal abspielt, sobald eine Überforderung eintritt", erklärte sie und fing an, Čërnajas Haare zu kämmen. „Du hast übrigens wunderbar seidiges Haar. Jeder Vogelmensch würde dich darum beneiden."

„Glaube ich nicht. Die betonen doch bei jeder Gelegenheit, wie unförmig und hässlich ich bin."

„Alles nur Show. Du musst aufpassen, so vieles bei uns ist Gehabe, um Unsicherheiten zu überspielen. Das ist eine ganz feine und ausgeklügelte Performance."

Babu band ihre Haare hinten zusammen, so wie Čërnaja sie nie trug.

„Und… wie kann ich es schaffen, dass mein Körper mich nicht jedes Mal aufgibt, wenn es brenzlich wird?", fragte Čërnaja und zog sich die dünnen Lederschuhe über. „Ich habe normalerweise so ein Buch, in das ich Hinweise eintrage, in der Hoffnung, dass ich so den Faden aufnehmen kann, wenn er dann reißt."

„Das ist von der Idee her nicht schlecht", sagte Babu und wiegte den Kopf hin und her. „Aber du denkst es zu linear. Das Leben ist keine Angelegenheit, die sich auf einer Ebene in eine bestimmte Richtung bewegt."

„Sondern?"

Babu lächelte.

„Du kannst dir bestimmt denken, dass es keine abschließende Beschreibung geben kann, die ich dir einfach so präsentiere und dann ist alles erledigt. Du musst dir das alles in deiner eigenen Sprache erarbeiten, damit es funktioniert."

Čërnaja runzelte die Stirn und seufzte. Dann stand sie auf und humpelte nach draußen. Sie brauchte die äußere Welt wieder als Orientierungspunkt und hatte das starke Bedürfnis, ihr Patienten-Dasein hinter sich zu lassen.

Es hatte aufgehört zu regnen. Aber die Sonne schien nicht, stattdessen war es grau und diesig. Ein kühler Lufthauch wehte um ihre Nase. Čërnaja ließ den Blick über die Landschaft schweifen. Von hier aus sah sie natürlich nicht, dass sie auf einem wackeligen Gerüst jenseits der Erdoberfläche stand, vielmehr erblickte sie eine flache grün-braune Ebene, aus der zwischendurch kleine Hügel ragten, die wohl die Wohnorte der Vogelmenschen waren. Zwischen ihnen gab es zahlreiche Baumkronen, die sich vereinzelt aufplusterten und wie knallgrüne überdimensionale Ungetüme in der ansonsten öden Landschaft wirkten. Ihre im Wind sich bewegenden Zweige passten nicht zu der statischen Atmosphäre und wirkten seltsam deplatziert.

Čërnaja stolperte weiter heraus. Sie konnte sich immer noch nicht an den sperrigen Untergrund gewöhnen, auf dem sie laufen musste. Diese Ebene wurde definitiv nicht von Leuten entwickelt, die sich vorwiegend zu Fuß fortbewegten. Der Boden bestand aus einer wirren Mischung aus Wurzeln, Zweigen und Schlingen, die im besten Fall von Moos überwachsen waren. Es fehlte auf jeden Fall so etwas wie eine Humusschicht. Černaja balancierte zu einem der Bäume, auf deren Ast Ari saß.

„Na sieh mal einer an", rief Ari ihr schon von Weitem zu. „Von den Toten auferstanden, Blacky."

„Wolltest du nicht schon längst auf und davon sein?", fragte Černaja, als sie näher kam.

Ari faltete ihre Flügel auseinander. Schlug ein paar Mal auf und ab.

„Bald, bald ist es so weit. Endlich. Wochen habe ich hier ausgeharrt, ich hab schon Plattfüße. Viel Spaß, du hast das alles noch vor dir."

Černaja merkte, dass ihr Kreislauf etwas absackte und setzte sich im Schneidersitz auf den Boden.

„Und auf was genau wartest du jetzt noch?", fragte sie etwas geistesabwesend.

„Wie meist du das?" erwiderte Ari sichtlich irritiert.

„Na, wieso kannst du nicht jetzt schon los?"

„Wie soll das denn gehen du Schlaumeier. Kann ich zaubern oder was."

„Fliegen, du kannst doch einfach wegfliegen."

Ari fing an, hysterisch zu lachen. Sie bekam sich gar nicht mehr ein und drohte vom Ast zu fallen.

„Ach, du bist echt niedlich“, sagte sie schließlich und wischte sich die Tränen aus dem Gesicht. „Wenigstens wird es nicht langweilig mit dir. Also, ich habe Neuigkeiten für dich: Sie haben uns die Flugfedern gestutzt und wir müssen warten, bis diese nachgewachsen sind. Solange sitzen wir hier fest.“

„Was… was sagst du da?“, Čërnaja traute ihren Ohren kaum.

War das ein seltsamer Scherz? Sie versuchte den Kopf zu drehen und nach den Flügeln zu tasten, um zu überprüfen, ob das stimmte. Kam aber zu keinem Ergebnis. Sie merkte, wie das Gefühl aus ihren Fingerspitzen wich und die Realität ihr wieder zu entgleiten drohte.

„Ja, sie polstern sich schön das Bett damit aus und setzen ein Exempel für die anderen zur Abschreckung, kannst du dir das vorstellen?“, Ari schnaubte verächtlich.

Čërnaja rang nach Luft. Tausend Bilder spielten sich jetzt gleichzeitig in ihrem Kopf ab. Wie sie als Kind sich das erste Mal ihrer Flügel bewusst wurde und es gleichzeitig klar war, dass sie anders war als die anderen. Dass sie sich für die merkwürdigen Anhängsel schämte und sie fortan zu verstecken versuchte. Wie sie Versuche unternahm, sie loszuwerden, aber immer etwas dazwischen kam. Der starke

Wunsch, Teile von sich abzuschneiden, aber gleichzeitig eine unvorstellbar panische Angst, dass andere einen zerstückelten, wie es die Verwandtschaft ihres Vaters praktizierte. Natürlich nur als Bestattungsritual.

Es schüttelte sie fürchterlich bei der Vorstellung, dass andere sich ihr genähert und Modifikationen vorgenommen hatten. Was war denn mit der fürsorglichen Babu? War das alles eine Lüge, nichts als seichtes Geplänkel, hatte diese Frau ihre Naivität und Hilfsbedürftigkeit bloß ausgenutzt? War sie für diese Leute nichts weiter als ein gerupftes Hühnchen, eine bedeutungslose Feder, eine Scherbe, die vom Himmel gefallen war. Hatte sie sich ernsthaft eingebildet auf dieser Mission irgendwie Anschluss zu finden.

Sie versuchte sich dem Sog all dieser schwarzer Löcher zu entziehen, sich an irgendwas festzuhalten, irgendwo in der Realität Halt zu bekommen. Doch ihr Sichtfeld war überlagert von multiplen Wirklichkeiten. Mal meinte sie mit ihrem Vater zu sprechen, dann wieder mit Klaus oder auch Gestalten, deren Namen sie nicht kannte.

„Du musst dich nicht verstecken, lass doch die anderen reden, irgendwann wird es ihnen langweilig und sie finden ein neues Thema", sagte ihr Vater, als ein großes Dorffest anstand. „Ganz im Gegenteil, je mehr du dich verkriechst, desto mehr denken die anderen, dass du ein Sonderling bist, der nicht dazugehört."

„Ich hab gehört, was deine Schwester letzte Woche gesagt hat", erwiderte Čërnaja, „sie sagte, mit meiner Erscheinung bringe ich die ganze Gruppe in Gefahr. Die da oben werden uns angreifen, wenn sie mich entdecken und ohne Rücksicht alles verwüsten und jeden töten, der sich ihnen in den Weg stellt, weil ich ihre Abstammung in den Dreck gezogen habe."

„Du weißt doch, dass sie gerne übertreibt", seufzte ihr Vater und holte sich einen Schemel, um die Ziege zu melken. „Hör nicht auf sie, sonst kannst du ja nie ein normales Leben führen."

Čërnaja starrte ihn finster an. Er sagte das so einfach, aber in Wirklichkeit verfiel er immer in Panik, wenn das Kreischen der Vogelmenschen von oben ertönte, weil sie kämpften und schickte sie dann ins Haus. Er hatte auch Angst. Und nicht nur sie konnte kein normales Leben führen, trotz aller Beteuerungen, er konnte es auch nicht. Dass sein Kind ein Hybrid zwischen Freund und Feind darstellte, machte ihn zu einem noch größeren Außenseiter, als er es schon war und nahm ihm auch jede Möglichkeit, eine eigene Familie zu gründen, mit Frau und weiteren Kindern. Und jetzt, wo sie, Čërnaja, ausgeflogen war, gab es niemanden mehr, der sich um ihn kümmerte und für ihn sorgte, so wie es eine richtige Familie getan hätte.

„Ich muss meine Mutter finden", sagte Čërnaja plötzlich und schaute geistesabwesend ins Leere. „Vielleicht kennt sie die Antworten auf die Fragen. Vielleicht kann sie das alles auflösen. Deswegen bin ich doch hier…"

„Um welche Fragen handelt es sich denn? Vielleicht kann ich weiterhelfen?", sagte Ari.

„Sie hatte rote Federn, ich muss zu den Roten."

„Och Kleines, das wird nicht klappen", erwiderte ihr Gegenüber und Čërnajas Aufmerksamkeit wurde wieder geweckt.

Sie sah zu Ari rüber, diese lehnte sich nun an den Stamm des Baumes und scharrte mit dem Fuß.

„Mhh", Ari hob den Zeigefinger. „Wo lebst du, Pummelchen? Kein Wunder, wenn du die ganze Zeit in Träumereien verfällst, du verpasst mindestens 50% des Inputs, der vor deiner Nase abläuft. Ernsthaft, ich sehe echt schwarz für dich", sie fiel nach hinten und lachte.

Čërnajas Kopf dröhnte jetzt. Fluchtreflexe. Aber ihr Bein war noch nicht fit genug.

„Huhu, du driftest wieder weg", Ari schnippte mit den Fingern vor ihrem Gesicht. „Arbeite an deiner Konzentration mein Kind, sonst wird nie etwas aus dir."

Čërnaja fixierte sie.

„Nie im Leben ist deine Mutter eine Rote, merk dir das. Das ist schlicht und einfach ein Ding der

Unmöglichkeit mit deinem ganzen Grau", sprach Ari überdeutlich in ihr Gesicht.

„Mein Vater hatte dunkles, anthrazitfarbenes Haar, das verstehst du halt einfach nicht", murmelte Čërnaja, aber ihre Gedanken schweiften schon in eine andere Richtung.

„Abgeschnitten", sagte sie lahm, „sie haben mir die Flügel abgeschnitten, da waren wir gerade, oder? Für die Kannibalen ist es das größte Glück, jemanden zu zerteilen und sich einzuverleiben. Hier herrscht ja eine ganz ähnliche Philosophie. Es ist eine faszinierende Einstellung, weil das Körperliche als Machtdemonstration im Vordergrund steht. In der Stadt herrschen ganz andere Ansichten. Körper sind dort penibel voneinander getrennt, niemand schneidet jemand anderem heimlich etwas ab, es ist geradezu verpönt. Auch äußert man sich nicht permanent ausfallend über die körperliche Erscheinung des anderen. Maximal Andeutungen sind erlaubt. Dafür werden Machtdiskurse natürlich anders ausgetragen, es geht um den Abgleich von Kompetenzen, Wissen, sozialen Kontakten. Alles wesentlich verkopfter, abstrakter, subtiler."

Ari starrte sie mit ihren klaren, smaragdgrünen Augen an. „Du machst mir Angst, Blacky", sagte sie schließlich.

44. Kapitel

In den nächsten Tagen begann es immer mehr zu stürmen. Die ganze Plattform, auf der sich Čërnaja befand, schwankte, sodass Čërnaja, die eigentlich wieder besser auf den Beinen war, sich kaum traute aufzustehen und sich zu bewegen. Das Gewackel löste ein mulmiges Gefühl in ihr aus und ihr wurde auf einmal bewusst, wie schön es war, festen Boden unter den Füßen zu haben. Einen stabilen und unbeweglichen Untergrund, auf den Verlass war.

Berge von dichten und tief hängenden Wolken schoben sich immer wieder in einer rasanten Geschwindigkeit an ihr vorbei, manche machten einen Zwischenstopp und ließen Regenströme da, was die Sache nicht besser machte.

„Ich kann nicht glauben, wie viel Pech man haben kann", schimpfte Ari, „jetzt bin ich endlich flugfähig, aber das Wetter spielt nicht mit."

„Hast du es weit?", fragte Čërnaja und versuchte das Gefühl der Übelkeit herunter zu schlucken.

„Ein paar Stunden Flug sind es schon. Ich muss in den Südosten. Wenn der Wind sich wenigstens drehen würde. Ich halte es hier wirklich keinen Tag länger aus."

„Was hast du denn überhaupt hier gemacht?"

„Ach", Ari zuckte mit den Schultern, „ein bisschen auskundschaften wie gerade die Grenzen der

Territorien verlaufen, ob noch weitere Bäume einge-
stürzt und Lücken entstanden sind…"

„Vergiss bei der Aufzählung nicht zu erwähnen:
Solaranlagen plündern", sagte Jiri plötzlich hinter
ihnen.

Ari schnaubte verächtlich.

Jiri lief an ihnen vorbei.

„Warte!", rief Černaja, rappelte sich auf und stolperte hinter ihm her. „Ich wollte dich noch etwas fragen."

Er blieb nicht stehen und schaute sie auch nicht
an. Černaja musste sich ganz schön anstrengen, um
mit ihm Schritt zu halten.

„Es ist so…", keuchte sie, „ich würde mich gerne
nützlich machen… Weißt du, mir fällt die Decke auf
den Kopf… Ach, mit dieser Redewendung kannst du
sicher nichts anfangen. Ich meine, mir ist langweilig
und ich gehe ein vor lauter nichts tun und 24 Stunden mit dieser Labertasche rumhängen… Gib mir
eine Aufgabe, irgendwas, was ich tun kann, um mich
abzulenken und zu beschäftigen."

Jiri lief immer noch weiter, jetzt aber etwas langsamer.

„Warum würdest du uns helfen wollen?", sagte
er schließlich. „Ist das irgendeine Art von Trick?"

Černaja runzelte die Stirn. Ihre Absichten waren
ihr selbst nicht ganz geheuer. Vor ein paar Tagen war
sie noch wütend und verletzt gewesen, wie sie von

den Leuten hier behandelt wurde. Diese Gefühle waren auch nicht weg. Trotzdem musste sie sich wohl oder übel mit der momentanen Situation arrangieren.

„Ja, das ist ein Trick. Ich will dich reinlegen, damit du denkst ich sei eine vertrauenswürdige, zuverlässige und nette Person, mit der man gerne etwas Zeit verbringt", erwiderte Čërnaja und blieb nach Luft schnappend stehen. Ihre Verletzung pochte jetzt doch noch stärker.

„Ich hätte da sogar was", sagte Jiri und drehte sich zu ihr um, seine strengen blauen Augen fixierten sie. „Ich denke, da kannst du nicht viel falsch machen… Ich war sowieso unterwegs zu diesem Durchbruch. Ein paar der Heranwachsenden sind schon dran, du kannst dich ihnen anschließen."

Er setzte sich wieder in Bewegung und bog bei einer riesigen Baumkrone rechts ab. Die Blätter raschelten und die Zweige schlugen ihnen entgegen, als sie daran vorbeigingen. Jiri hielt an.

Vor ihnen lungerten drei blaue halbgroße Vogelmenschen herum, die mit ewig langen Schlingen hantierten. Sie schauten kurz auf und widmeten sich gleich wieder ihrer Aufgabe.

„Das hier ist…", setzte Jiri an und zeigte auf Čërnaja.

„Čërnaja", sagte sie.

„Wie bitte, was? Das soll ein Name sein?", erwiderte Jiri empört und schüttelte den Kopf. „Das kann sich keiner merken. Wir haben hier alle kurze Namen, du heißt Naj. Und das hier sind Tom, Kaya und Jen. Sie zeigen dir, wie es hier läuft."

„Okay", sagte Černaja und ging zu ihnen rüber.

Vor ihnen tat sich ein Loch mit etwa drei Metern Durchmesser auf, welches einen Blick nach unten frei gab. Die drei benutzten die Schlingen, um es mit einer Flechttechnik zu verschließen.

„Werdet ihr bis zum Abend fertig sein?", fragte Jiri.

Die anderen nickten stumm.

„Gut", sagte Jiri und drehte sich wieder um. „Morgen habe ich was Neues für euch."

Er nahm etwas Anlauf und flog davon.

Černaja beobachtete, wie die anderen, sich gegen den Wind stellend, mit einer riesigen Liane kämpfend, versuchten diese durch das bereits vorhandene Geflecht zu ziehen. Es war allerdings alles so sperrig, dass es nicht gut funktionierte. Durch den Regen war zudem alles so eingeweicht, dass sie keinen guten Halt hatten und die Liane ständig aus den Händen rutschte. Černaja trat hinzu und versuchte einfach mitzuschieben und mitzuzerren.

„Wir machen am besten Zweierteams", sagte Kaya und zeigte auf Černaja. „Dann geht es

schneller. Du hältst das Ding und ich versuche es ein-
zufädeln."

Čërnaja machte sich gleich an die Arbeit. Die
Oberfläche der Schlingpflanze war rau und faserig,
wenig biegsam. Entsprechend schwer war es sie ir-
gendwohin durch zu ziehen. Hinzu kam, dass der
Boden hier, wo er so löchrig war, extrem schwankte.
Čërnaja sah sich alle fünf Minuten in den Abgrund
stürzen und musste alle Kräfte aufwenden, um diese
Schreckensszenarien abzublocken.

„Glaubt ihr, wir müssen morgen wieder bei der
Ernte helfen?", fragte Jen. „Ich würde ja lieber irgendwas Technisches machen, an den Solaranlagen
oder so."

„Ich würde lieber endlich mal Wache schieben,
jemanden abschießen oder so", erwiderte Tom und
beugte sich erstaunlich weit über den Abgrund, um
die Schlinge auf die andere Seite, auf der Jen stand,
rüber zu werfen.

„Alles nur nicht die Beeren ernten, ich kann die
echt nicht mehr sehen", sagte Jen. „Ich befürchte aber
wir müssen wieder ran, es gibt ja sonst niemanden,
der es macht."

„Warum nicht?", fragte Čërnaja. „Was ist mit den
anderen?"

Tom zuckte mit den Schultern. „Die sind mit
wichtigeren Dingen beschäftigt. Den Warenaus-

tausch abwickeln, Strom verkaufen, Baumversorgung."

Ein paar dicke Regentropfen landeten auf ihren Köpfen. Černaja schaute misstrauisch hoch und hatte das Gefühl die schweren schwarzen Wolken würden nur Zentimeter über ihrem Haaransatz hängen.

„Beeilung Leute", rief Jen und wurde hektisch.

In Windeseile wurde die Schlinge verknüpft und Černaja sah viele flinke Hände herumwuseln. Die Lücken im Geflecht wurden immer kleiner. Ihre Handflächen brannten vom Durchziehen des Seils, während der Wind noch eine Stufe hochschraubte und an ihnen zerrte.

„Schnell weg hier", rief einer von ihnen als es brutal losprasselte.

Jemand zog sie am Ärmel zu einem nahegelegenen Baum.

Černaja hatte es vorher nicht gesehen, aber an der Baumkrone gab es einen Eingang, durch den sie alle hindurchkrochen. Er führte zu einer engen und dunklen Höhle, die jedoch trocken war.

„Haben wir es geschafft?", fragte Kaya.

„Ich glaube schon. Für heute sind wir fertig", erwiderte Jen.

Jemand machte ein winziges LED-Licht an. Sie lagen irgendwie relativ eng beieinander in dem schmalen Räumchen. Keiner rührte sich.

„Leute, ich habe dieses Leben satt", murmelte Kaya mit geschlossenen Augen. „Wann werden wir endlich aufgenommen?"

„Es wird noch dauern", erwiderte Tom. „Du hast es gut Naj, du kannst in ein paar Wochen zu deinen Leuten zurückkehren."

„Da irrst du dich", entgegnete Čërnaja und versuchte eine bequeme Liegeposition zu finden.

„Bist du nicht von hier? Ich dachte schon deine Kopffedern, warum sind die so komisch?", fragte Kaya und strich mit der Hand über Čërnajas Kopf.

Sie wich instinktiv zurück.

„Sorry", sagte Kaya und es entstand eine kurze Pause.

„Was meint ihr mit aufgenommen werden?", knüpfte Čërnaja wieder an das Gespräch an.

„Wir sind Heranwachsende, wir müssen uns den Platz in der Gruppe noch verdienen", sagte Jen immer noch mit geschlossenen Augen. „Vorher gehören wir nicht dazu."

„Aber… man kann euch doch nicht einfach ausschließen und arbeiten lassen, was sagen eure Eltern dazu?", sagte Čërnaja und hob ihren Kopf.

Tom lachte trocken und drehte sich auf den Rücken. „Die kennen wir nicht. Wir werden als Eier in der Pampa ausgesetzt, die Sonne brütet uns aus und dann sind wir auf uns allein gestellt, so will es die Natur. Kurz bevor wir erwachsen werden müssen wir beweisen, dass wir stark genug und nützlich für die Gruppe sind."

„Was zum Teufel…", schnaubte Čërnaja. „Wer denkt sich so einen Mist aus? Wie soll man sich denn allein durchschlagen?"

Tom seufzte und schloss ebenfalls die Augen. „Die, die zu schwach sind für das Prozedere braucht man sowieso nicht und die anderen schließen sich irgendwann zusammen, so wie wir, dann ist es etwas leichter. Stimmts Leute?"

Doch die beiden jungen Frauen antworteten nicht, sie waren schon eingeschlafen. Tom knipste das Licht wieder aus und Čërnaja hörte nur noch das gleichmäßige Atmen der Körper um sie herum.

45. Kapitel

„Du musst diese abgearbeiteten Kinder endlich bei euch aufnehmen", erklärte Čërnaja Jiri am nächsten Tag, als sie ihm mal wieder am Hinterherlaufen war.

„Die müssen sich erst noch beweisen", murmelte er.

Aber immerhin antwortete er ihr, das war schon mal ein Erfolg.

„Was sollen die beweisen? Sie sind disziplinierte und zähe Arbeiter, das ist doch keine Frage."

Jiri war gerade dabei diese eigenartigen blauen Früchte zu sortieren und warf Čërnaja immer wieder die verfaulten Exemplare zu, die ihre Nahrungsgrundlage darstellten.

„Wir sind Einzelkämpfer, von Anfang an. In unserer Gruppe brauchen wir die stärksten und die zähesten, die anderen sind überflüssig, sonst überleben wir nicht. Das ist unsere DNA, unsere Natur, das musst du doch wissen."

„Ja, aber was würde Schlimmes passieren, wenn ihr auch Schwächere aufnehmen würdet?", fragte Čërnaja und löste die fauligen Stellen aus den Früchten raus, um sie nicht mitzuessen.

„Es ist komisch", ein Lächeln huschte über sein Gesicht, „du hast graue Federn, sprichst aber wie eine Violette. Die praktizieren das tatsächlich so. Denn sie hatten irgendwann genug von alldem, sind kollektiv in den äußersten Nordosten hinter die massive Gebirgskette ausgewandert und leben dort ihr Hippie-Leben auf dem Erdboden. Ohne Revierkämpfe, ohne Selektion, mit Familienverbänden und flachen Hierarchien. Ja, kann man machen. Aber wenn du mich fragst ist das erstens nicht für alle Vogelmenschen das Richtige und zweitens gehen so unsere Traditionen, unsere Kultur, verloren."

„Traditionen schön und gut, du hast aber schon davon gehört, dass der Kontinent unter euren sich immer weiter ausbreitenden Aufbauten ächzt und komplett auszutrocknen droht?", warf Černaja ein und musste sich beherrschen, nicht zu empört zu klingen.

Sie spürte, wie ihr bei diesem Thema die Hitze in den Kopf stieg.

Jiri schaute sie nicht an, aber sie sah, dass seine Kopffedern sich leicht aufbauschten. Er atmete ein paar Mal tief durch.

„Es gibt keine Alternative", sagte er knapp.

„Und wenn euch die Bäume wegsterben, dann ist es eh vorbei für euch."

„Ja, dann ist es so."

„Willst du nicht dich und die nachfolgenden Generationen retten, in eine andere Lebensumgebung transferieren? Die Leute in den Städten können euch dabei helfen."

„Wir können nicht am Boden leben. Das ist so, als würde ich von dir verlangen ab jetzt unter Wasser in einem U-Boot zu hausen weil es besser für die gesamte Welt und Bevölkerung sei. Ich kann es dir nicht erklären, aber es geht nicht. Und die Grauen bauen schon an Metall-Streben, die die Bäume ersetzen werden, dann ist das Problem sowieso gelöst."

Černaja schnaubte. Dazu fiel ihr nicht mehr viel ein, außer dass es sie unendlich wütend machte. Die Art von Wut, die einen ohnmächtig und hilflos zurückließ. War denn diese Welt so gar nicht mehr zu retten und kam denn keiner zur Vernunft. Stattdessen kamen immer mehr neue Probleme dazu. Warum sich dann überhaupt die Mühe machen?

Jiri warf ihr noch einen kurzen Blick zu, nahm den Korb mit den Früchten und flog davon.

Černaja kaute auf ihrer Unterlippe herum. Was sollte sie jetzt tun? Heute hatte der Sturm sich gelegt, Ari war zum Glück längst ausgeflogen. Sie konnte die jungen Leute bei der Ernte unterstützen. Ihr taten die Füße schon weh von der ganzen Latscherei auf den knorrigen Ästen. Und sie hatte das Zeitgefühl verloren. Wie lange war sie schon hier oben?

Langsam machte sie sich auf den Weg zu den Feldern, wo diese Früchte angebaut wurden. Sie versuchte auf die Stellen ihrer Füße zu treten, die sich nicht wund und durchlöchert anfühlten, das war nicht so einfach. Über ihrem Kopf sah sie zwei Blaue hinwegfliegen, sie konnte nicht sagen, wer es war. Sie kannte sowieso nicht so viele von ihnen. Die meisten wollten auch keinen Kontakt zu ihr, was vollkommen okay war.

Heute war der erst sonnige Tag seit Langem. Černaja merkte schon nach kurzer Zeit, wie unbarmherzig die Sonne hier auf einen runterknallte. Die gleichförmige Umgebung flimmerte vor ihren Augen in unterschiedlichen Grün- und Brauntönen. Ein Rascheln der Baumkronen und ein Knarzen der Plattform kam hinzu. Sie hatte noch nicht wirklich eine Orientierung in dem Revier der Blauen. Irgendwie erstreckte es sich in alle Himmelsrichtungen unendlich weit, es gab keine prägnanten Landschaftsmarker, an denen man sich orientieren konnte. Damit hatte es etwas von einem grünen, unendlich weiten Meer.

In den Feldern angekommen sah sie das Dreierteam bei der Arbeit. Sie begann auch gleich die Beeren, deren Gewächs offenbar ohne Erdboden auskam und einfach um das Geflecht wurzelte, zu pflücken und in die Körbe zu werfen.

„Was denkt ihr", sagte Černaja, „wäre es nicht denkbar, dass die Vogelmenschen unten auf dem Erdboden leben? Es würde so viele Probleme lösen und herumfliegen könnten sie da auch."

Tom hielt inne und richtete sich auf.

„Du weißt, dass wir gar nicht zu ihrer Gesellschaft gehören. Aber selbst wir haben mitbekommen, dass das ein klares Tabu ist. Wir können nur über den Baumwipfeln existieren, dort ist unser Platz", referierte er.

Die beiden anderen nickten.

„Ihr seid doch noch jung, wollt ihr nicht ein paar Dinge ändern, anders machen als die Vorgänger?", erwiderte Čёrnaja und wechselte ihren Pflück-Platz.

„Ja, wir wollen, dass unser Lebensraum ein Fundament auf Metallkonstruktionen hat und nicht auf unsicheren Bäumen", sagte Jen und wischte sich den Schweiß von der Stirn.

„Es ist wohl hoffnungslos", sagte Čёrnaja mehr zu sich selbst.

Später kringelten sie sich alle wieder zusammen in ihrem Nest und Čёrnaja versuchte die blaue Farbe von ihren Fingern abzukratzen. Jen strich sich die Federn glatt und entfernte dabei Schmutz und Staub. Tom massierte eine verkrampfte Wade und Kaya summte vor sich hin.

Čёrnaja mochte diese kleine zurückgezogene Welt, es war ein angenehmer Gegenentwurf zu der unendlichen Weite da draußen, in der sie sich zu verlieren drohte. Und definitiv war es besser als unter freiem Himmel auf dem Matschplatz zu schlafen, der ihr eigentlich zugewiesen worden war. Wehmütig dachte sie an ihre Kollegen und die

Unternehmungen, die sie zuletzt zusammen gemacht hatten. Vielleicht vermisste sie ein wenig die Nähe und Vertrautheit zu ihnen.

„Du sagtest Vogelmenschen wären Einzelgänger", dachte Čërnaja laut nach. „Und warum hängt ihr immer zusammen?"

Kaya unterbrach ihr Summen. „Es ist komisch, nicht wahr? Die paar Jahre des Heranwachsens ist die einzige Zeit, in der wir uns so zusammenfinden."

„Und wie ist es so?", fragte Čërnaja.

„Total gut, oder?", sagte Kaya und die beiden anderen nickten. „Ich wünschte, es würde immer so bleiben, aber wir müssen und wollen ja auch erwachsen werden. Dazu gehört das Einzelgänger-Dasein, da führt kein Weg dran vorbei."

„Aber…", Čërnaja zögerte und versuchte die richtigen Worte zu finden. „Wie… also irgendwie muss man sich doch zusammenfinden. Fortpflanzung und so."

Die drei fingen an zu kichern, zuerst leise, dann brach es immer mehr aus ihnen heraus, sie prusteten und schüttelten sich. Es war so ansteckend, dass Čërnaja unwillkürlich mitlachen musste. Allein diese Gesichter sich anzuschauen, die sie so selten fröhlich sah.

„Das ist so", sagte Jen schließlich und richtete sich soweit auf, wie es der Raum erlaubte. „Nein, ich kann einfach nicht", brach sie wieder ab und verfiel in ein erneutes Gekicher. Die anderen stimmten wieder mit ein.

„Also jetzt im Ernst", setzte Kaya an. „Es ist eigentlich nicht lustig. Es ist nur so, man spricht es eigentlich nicht aus, stimmts Leute?"

Sie bestätigten dies und hatten sich auch wieder beruhigt.

„Jeder Körperkontakt ist eine Anmaßung, eine inakzeptable Grenzüberschreitung, eine unangenehme, ja oft sogar eine schmerzhafte Erfahrung für alle Beteiligten. Deswegen…", setzte Kaya an und fuchtelte mit den Händen in der Luft herum.

„Da der Fortbestand der Gruppe gesichert werden muss", übernahm Tom das Wort, „versucht man es auf eine minimale und seltene Interaktion zu reduzieren."

„Oh", sagte Čërnaja.

Wie merkwürdig. Diese Vogelmenschen waren schon extrem. Nicht, dass sie selbst schon viele praktische Erfahrungen zu dem Thema gesammelt hätte. Aber sie hatte schon mal mitbekommen, dass es der Verwandtschaft ihres Vaters beispielsweise besondere Freude bereitete, eng beisammen zu sein. Je enger desto besser. Ständig aufeinander bezogen, bis zum Einverleiben des anderen. Das war Čërnaja ebenfalls unerträglich gewesen. Aber das hier? Kein Wunder, dass die Vogelmenschen sich so extrem vom Rest der Welt abgrenzten und ihren eigenen

Lebensraum schufen. Das war irgendwie nicht vermittelbar. Und dieser ganze Hass auf die Waldmenschen sah sie jetzt auch in einem anderen Licht. Sie mussten für die Vogelwesen das Ekelhafteste sein, was sie jemals gesehen hatten. Und was machte das aus ihr, die sie eine Mischung aus beidem war? Ein ständiges Oszillieren zwischen starkem Nähebedürfnis und ausgeprägter Distanzierung, ein Hin- und Herspringen zwischen zwei sich widersprechenden, sich ausschließenden Grundbedürfnissen. Ein nie endender Kampf um die richtige Lebenseinstellung, von der Beziehung zu anderen Menschen ganz zu schweigen. Vielleicht war das der Grund, weshalb sie innen drin so kaputt war, weshalb sie Blackouts bekam und ständig den Faden verlor. Sie war mit dem, was ihr mitgegeben wurde, um in dieser Welt zu bestehen, nicht kompatibel zu ihrer Umwelt, nicht lebensfähig.

„In unserer Gruppe ist es mit der Reproduktion besonders schwer", fuhr Tom weiter fort und Černaja brauchte einen Moment, um sich wieder im Gesprächsthema zu verorten. „Die sind eh den ganzen Tag schwermütig, die sind so in sich gekehrt, die gehen nie aufeinander zu. Sie fürchten sich sogar davor. Allein sein ist das höchste Gut, körperliche Nähe ist da absolut abgeschrieben. Manchmal habe ich Angst davor, dass wir so werden müssen."

Niemand sagte mehr etwas.

46. Kapitel

Am nächsten Tag machte Čёrnaja ein paar Versuche, wieder zu fliegen. Sie konnte schon ein paar Meter zurücklegen, aber so ganz reichte es nicht.

„Das hat etwas von einem Hühnchen", hörte sie die Stimme einer Frau, die in diesem Moment unweit von ihr vorbeiflog.

Čёrnaja ärgerte sich über den Kommentar, ihre Aufmerksamkeit wurde aber sofort von etwas anderem in Anspruch genommen. In dem leichten Wind, der an diesem Tag wehte, kam etwas Kleines und Knisterndes angeflattert. Čёrnaja versuchte das Blatt zu fangen, es wurde allerdings hoch in die Luft gewirbelt und verschwand zwischen den Schäfchenwolken. Wütend starrte Čёrnaja dem Papier hinterher. Doch dann kam ein ganzer Schwung loser Blätter und Čёrnaja stürzte sich kopflos und unkontrolliert auf sie, versuchte so viele wie möglich davon zu erwischen und landete schlussendlich der Länge nach auf dem Boden. In beiden Händen zahleiche zerknitterte Seiten.

Ein anderer, der gerade vorbeiflog, landete direkt vor ihr.

„Das sah so witzig aus, was genau machst du da?", fragte er.

Čёrnaja hatte in diesem Moment ganz sicher keine Lust auf Konversation. Dieser Typ mit kobaltblauem Gefieder war sehr groß und schlank, sein Hals erschien ihr zu lang, aber der Kopf für die Proportionen auch irgendwie klein. Die Brust hatte er weit nach vorne gestreckt wie ein fliegender Superheld, seine Finger dagegen waren echsenmäßig schlank und arrogant, wie er so mit denen herumdozierte.

Černaja rappelte sich auf und stellte sich wieder auf ihre Füße, dabei peinlich genau darauf bedacht, keinen der Zettel zu verlieren.

„Das ist wichtig, wichtige Informationen", sagte sie schließlich.

Ihr Gegenüber runzelte die Stirn.

„Jetzt sag bloß, ihr sammelt die Buchseiten nicht", platzte es aus ihr heraus. „Was für eine Verschwendung von Wissen, unglaublich."

„Ich hab mir das mal angeschaut… Was soll einem schon ein einzelnes Blatt bringen, welche Informationen ziehst du daraus?"

„Das verstehst du nicht", Černaja drehte sich um und wollte gehen.

„Nein, das verstehe ich tatsächlich nicht", rief er ihr hinterher und seine Stimme hatte jetzt eine gewisse Schärfe angenommen, „und ich verstehe noch viel weniger, warum Jiri dich nicht schon am ersten Tag deinem vorbestimmten Schicksal zugeführt hat. Da machen wir uns die Mühe alle Hybriden zu beseitigen und dann läuft sowas wie du herum:

intelligenzgemindert, hässlich und übergewichtig. Jeder sieht dir deine Abstammung direkt an und man kann nur Verachtung für solch eine wertlose Lebensform haben. Deine ganze Anwesenheit ist wie ein ekelhafter Gestank, der durch unser Land zieht und ich kann nur hoffen, dass sich bald irgendjemand findet, der genug Mitleid mit dir empfindet, um dir nicht nur deine Flügel abzuschneiden."

Černaja hörte, wie er davonflatterte. Rasende Wut packte sie. So sehr, dass sie kaum Luft bekam. Sie schnaufte und keuchte, Tränen liefen ihr über das Gesicht. Ihr Körper fühlte sich fiebrig und zum Bersten gespannt an. Seine Worte hallten immer und immer wieder in Černajas Kopf nach. Er sprach aus, was alle schon die ganze Zeit über sie dachten. Egal wo sie war, in der Stadt, bei ihrer Herkunftsfamilie oder hier, es stimmte. Wut mischte sich mit Selbsthass, Selbsthass mit Destruktion, Destruktion mit Ohnmacht, Ohnmacht mit Schwärze.

47. Kapitel

Als sie aus dieser Schwärze wieder auftauchte, wusste sie wie so oft nicht, wie viel Zeit vergangen war. Die Sonne schien gerade aufzugehen. Oder war es der Sonnenuntergang? Sie rappelte sich auf. Ein paar der Blätter, mit denen alles seinen Anfang genommen hatte, hielt sie noch zerknüllt und angerissen in ihren Händen. Černaja glättete sie behutsam, faltete sie und steckte sie in die Hosentasche. Leichte Übelkeit durchströmte ihren Körper und sie musste einen aufkommenden Brechreiz unterdrücken.

Sie richtete sich auf, klopfte ihre Kleidung ab, strich sich die Haare glatt und atmete ein paar Mal tief ein und aus. Es war Zeit, weiterzuziehen. Ihre Flügel waren zwar noch nicht ganz so weit, aber irgendwie musste es gehen.

Es musste doch die Abenddämmerung sein, denn die Wolken um sie herum nahmen jetzt einen dunkleren Rotton an. Černaja marschierte in Richtung des Platzes, an dem sie damals angekommen war. Von dort aus konnte sie sich halbwegs orientieren, um weiterzuziehen. Auf dem Weg kam sie an der Behausung von Babu vorbei.

„Hallo Kleines", hörte sie schließlich und Babu kam heraus. „So spät noch unterwegs?"

Černaja wollte nichts antworten, denn sie war keine Kleine und es war auch egal, wie spät sie wohin unterwegs war. Dieser ganze rücksichtslose Haufen an Leuten konnte ihr gestohlen bleiben.

„Es tut mir leid, du wurdest hier nicht gut behandelt", rief Babu ihr hinterher und Čërnaja blieb kurz stehen. „Wahrscheinlich denkst du dir, nach ein paar Wochen in dieser trostlosen Gegend kann man nur flüchten."

„So ungefähr, ja", bestätigte Čërnaja.

„Es soll keine Entschuldigung sein, aber die Melancholie fließt durch unsere Adern, das kann man nicht leugnen und dem kann man sich auch nicht entziehen."

„Manchmal ist es auch blanker Hass", erwiderte Čërnaja und lief noch ein paar Schritte weiter.

„Naj, bitte, trotz allem. Geh auf keinen Fall zu den Grauen", rief Babu ihr hinterher. „Halte dich von ihnen so weit weg wie nur irgendwie möglich. Das, was du hier als Hass erlebt hast, darüber würden die lachen. Sie sind gefährlich, unbarmherzig, sadistisch. Verstehst du das?"

Čërnaja entfernte sich wortlos. Es war merkwürdig, jetzt wieder mit Babu zu sprechen. Sie fühlte sich von ihr auf gewisse Weise immer noch hintergangen. Čërnaja konnte das irgendwie nicht wegwischen.

Sie lief weiter und erreichte den Platz, an dem sie so viele Tage mit Ari verbracht hatte. Auf diesen Ästen hatten sie stundenlang ausgeharrt. Čërnaja setzte sich und bemerkte die unangenehmen Emotionen der ersten Tage aufkommen. Ihre Erinnerung war düster und verworren, sie versuchte sie in den Hintergrund ihres Denkens zu verfrachten.

In dem letzten Licht des Tages sah sie unweit eine sich bewegende Gestalt. Jiri trat aus dem Schatten eines Baumes heraus und setzte sich ihr gegenüber.

„Ich hau ab", sagte Černaja, während sie mit dem Fuß an einer zerfransten Wurzel herumknibbelte.

„Es ist noch zu früh", erwiderte Jiri, „deine Flügel sind noch nicht so weit."

Černaja zuckte mit den Schultern. „Aber ich schon."

„Wo willst du hin?", hakte er nach.

„Irgendwohin, wo man nicht denkt, dass ich ein wertloses Lebewesen bin, das man geradewegs mit den Füßen treten kann, wie es gerade so passt."

„Ich weiß nicht, ob du hier in der Vogelwelt damit Erfolg haben wirst. Wir haben hier einfach einen rauen Umgang miteinander, es hat nicht speziell etwas mit dir zu tun."

„Nein, das glaube ich nicht. Dieser Hass, den ich spüre, ist schon etwas besonderes."

Sie stand auf. Lief in die Richtung, von der sie glaubte, dass die Reviere der Roten dort liegen, auch wenn es ein weiter Weg werden würde.

Jiri flatterte über sie drüber und landete vor ihr.

„Darf ich dir etwas zeigen?", fragte er, sein Blick nach unten gerichtet.

Černaja zog die Augenbrauen zusammen und kratzte sich am Kopf. Sie fragte sich, was er vorhatte.

„Na gut", sagte sie schließlich.

Er ging voraus und sie folgte ihm. Eine Richtung, in der sie bisher noch nicht unterwegs war. Sie hatte während der vielen Wochen sowieso nur einen winzigen Bruchteil des blauen Gebiets erkunden können. Hier, vorbei an einer Solaranlagen-Plantage, hinter einem riesigen Baum, war sie noch nie gewesen. Sie kletterten einen Hügel hinauf, wie immer dieser auch entstanden sein mochte. Hoffentlich, dachte Černaja, nicht aus Gefangenen-Leichen oder abgemurksten Feinden. Oben befand sich ein schmales Plateau, welches dicht mit Moos bewachsen war. Jiri setzte sich darauf und Černaja tat es ihm nach.

„Ich komme fast jeden Abend hierher, um den Sonnenuntergang zu beobachten", er zeigte auf die blutroten Wolken, hinter denen die Sonne bereits verschwunden war. „Seit ich in die Gruppe aufgenommen wurde versinke ich hier in meinen Gedanken. Diese Zeit des Heranwachsens, wenn man aus einem Ei schlüpft und allein auf sich gestellt ist… wenn man Kälte, Hunger und Schmerzen mit sich selbst ausmachen muss, über Jahre hinweg… Niemals wissend, ob man es überhaupt schafft. Man sieht seine Freunde und Weggefährten sterben. Dann

117

kommt endlich der Beitritt zu deiner Gruppe. Man gewinnt an Schutz und hat endlich einen Ort, an dem man bleiben kann. Aber wir sind alle so stark vereinzelt, dass man oft tagelang mit niemandem ein Wort wechselt. Du hast es gut, du läufst hier herum und redest mit jedem, sprichst Leute an, setzt dich zu ihnen. Man wird fast neidisch, wenn man das sieht. Und manche werden dann auch feindselig."

Čërnaja schaute ihn entgeistert an. Noch nie hatte jemand ihre Sozialkompetenzen gelobt.

„Du bist nicht von hier oben, oder?", fragte er.

Čërnaja streckte ihre Beine aus und lehnte sich etwas zurück. Die Wolkenformationen hatten jetzt einen grau-roten Ton angenommen.

„Richtig. Ich lebe auf der Erdoberfläche. Es ist gar nicht so schlecht dort. Besser als hier, wenn du mich fragst."

„Für mich ist das so, als würde jemand zu dir sagen: ‚Ich lebe als Regenwurm in der Erde, es ist dort schöner als du denkst.'"

Diese Überheblichkeit im wahrsten Sinne des Wortes war wirklich gewöhnungsbedürftig, dachte Čërnaja und schnaubte. Der Himmel war jetzt dabei, sich komplett zu verdunkeln.

„Wie sieht das Leben dort aus?", fragte Jiri und streckte sich jetzt ebenfalls aus.

„Ich stehe morgens auf", begann Čërnaja, „und gehe zur Arbeit. Das ist so ein riesiges Gebäude, in dem ganz viele andere herumwerkeln. Wir haben alle einen festen eigenen Arbeitsplatz und Arbeitsbereich. Trotzdem unterhalten wir uns zwischendurch ganz ausgiebig. Die anderen kommen immer an und überreden einen zu irgendwelchen Aktivitäten, schleifen einen mit, verstricken einen in tausend Gespräche und kommen einem auch nahe. Meistens ist das okay, aber gewöhnungsbedürftig. Und dann geht man wieder auseinander. Also ich gehe allein nach Hause. Viele leben aber auch in WGs oder Familien. Dort überfällt mich dann die Einsamkeit, auch wenn ich sie oft herbeisehne. Und am nächsten Tag geht alles wieder von vorne los."

„Wow, ich hab nicht alles verstanden, aber es klingt aufregend."

„Ja, ich kann es kaum erwarten euch da mit einzubinden. Ich hab da schon einen Plan. Wir bauen euch eine Plattform in der Nähe der Stadt, dann ist die Anbindung an die Infrastruktur leichter. So fünf Meter über der Erdoberfläche müsste reichen. Unten könnte man ja ein Materiallager oder sowas reinmachen. Die Plattform steht auf stabilen Stützen und ihr könnt da oben machen was ihr wollt, nur der Platz wird sparsamer sein als hier, verdichteter. Aber sei mal ehrlich, hier ist so viel ungenutzte Fläche, das ist doch schwachsinnig. Und damit ihr euch mit euren Revieren schön aus dem Weg gehen könnt, machen wir je einen Bau in jeder Himmelsrichtung der Stadt. Das wird super."

„Ich glaube nicht, dass das klappt. Hier ist unsere Heimat, weit weg von irgendeiner Stadt. Seit Jahrhunderten leben wir schon hier, man kann uns nicht umsiedeln. Man kann uns nicht integrieren. Und wenn man uns zwingt ist es Enteignung, kannst du das moralisch verantworten? Und vergiss nicht, dass wir mit den Solaranlagen einen Großteil des Stroms nicht nur für unseren, sondern auch für alle anderen Kontinente produzieren", wandte Jiri ein.

„Eure Bäume krachen euch einer nach den anderen ein. Und es wachsen keine neuen mehr nach. In Bezug auf die Enteignung, es gibt nun mal ein übergeordnetes Gut, die Rettung unseres Kontinents, unserer aller Lebensgrundlage."

„Die Grauen setzen schon länger nicht mehr auf Bäume. Wir werden es ihnen nachmachen."

„Dafür habt ihr nicht genug Kapazitäten, gib es doch zu. Man braucht irre viel finanziellen Ertrag, um diese Metallstützen bauen zu lassen."

Jiri gab ein Grummeln von sich.

Černajas Blick ging nach oben. Der Himmel war jetzt komplett schwarz und die ersten Sterne kamen hervor. Sie spürte Jiris Atmen neben sich. Es hatte so etwas Beruhigendes, ein anderes Lebewesen neben sich atmen zu hören. Seit sie von ihrem Heimatdorf weggegangen war, hatte sie das nicht mehr gehabt, von wenigen Ausnahmen abgesehen. Es war so ein zartes Geräusch, so sanft und regelmäßig.

Die Schwärze schien sich jetzt komplett um sie gelegt zu haben. Es war eine gute Schwärze. Nicht eine von der Sorte, die einen verschlang, sondern einen umhüllte, zudeckte.

„Wie ist es im Moment mit deinem Ekelgefühl?", fragte Čërnaja leise und drehte sich auf die Seite zu ihm hin.

Er tat es ihr nach, das hörte sie an dem Rascheln seiner Federn.

„Ich denke…", flüsterte er vorsichtig, „ich denke… es ist verwirrt."

„Verwirrt", sagte Čërnaja, „das ist nicht das schlechteste Gefühl, das ich kenne. Eigentlich ist das meine Grundstimmung. Lass uns zusammen verwirrt sein." Sie tastete nach seiner Hand.

48. Kapitel

Ein paar Tage später reiste Černaja ab. Der Aufbruch fiel ihr schwer, aber sie sah keine andere Möglichkeit. Jiri wollte sie bis zu dem Gebiet der Roten begleiten, aber Černaja war kategorisch dagegen, weil sie ihn nicht in Gefahr bringen wollte. Dafür hatte er ihr immer und immer wieder den Weg beschrieben und war ihn mit ihr durchgegangen. Auch wenn es ihn zur Verzweiflung getrieben hatte, dass sie sich nichts merken konnte und die Wegmarker ständig durcheinanderbrachte. An sie waren einfach keine großen Teile eines geographischen Talents vererbt worden.

Sie flog mit Sonnenschein und viel Wind, ihr Herz angesichts der Trennung von Jiri einigermaßen schwer. Sie hatte sich gerade erst an seine Nähe gewöhnt, eine Nähe, die sie vorher noch nie gegenüber jemandem empfunden hatte.

Schon der Start war verdammt holprig gewesen, weil sie einfach nicht vom Fleck kam und ihre Flügel anscheinend nicht richtig bewegen konnte. Jiri hatte die Augen verdreht und ihr immer wieder Anweisungen zugerufen, mit denen sie in diesem Moment nichts anfangen konnte, weil sie komplett überfordert war.

„Nein, nicht so stark schlagen", hieß es da einmal, dann wieder: „Ausbreiten, ausbreiten, verdammt, aber nicht so hoch."

Čërnaja fühlte sich wie eine Giraffe, die Einrad fahren sollte. Aber dann, beim ungefähr zehnten Anlauf hatte es plötzlich geklappt und fühlte sich kinderleicht an. Dann musste sie sich aber so konzentrieren nicht abzustürzen, dass sie sich nicht richtig verabschieden konnten.

Jetzt hielt sie Ausschau nach einem riesigen Loch in der Plattform, das laut Jiris Beschreibung hundert Meter Durchmesser haben sollte und entstanden war, als mehrere Bäume bei einem Sturm wegbrachen. Ein dramatisches Ereignis in der Geschichte der Vogelmenschen.

Am Horizont kam etwas ähnliches langsam zum Vorschein. Die ansonsten grau-braun-grüne Oberfläche wurde in der Ferne von etwas braun-schwarzem unterbrochen. Mühelos steuerte Čërnaja das Gebiet an und betrachtete fasziniert die klaffende Lücke, die immer näher kam. Jetzt flog sie direkt drüber und konnte einen Blick nach unten auf die Erdoberfläche erhaschen. Dort befanden sich, im raren Sonnenlicht, ein paar Häuser, ein paar sich bewegende Gestalten. Und schlagartig wurde ihr klar, dass es auch ihr Dorf sein könnte.

Čërnaja strauchelte kurz, verlor an Höhe, fing sich wieder. Konnte das sein? Dass ihr Vater dort gerade Kartoffeln jätete? Sie konnte nicht mehr runtersehen, wollte schnell drüber fliegen. Dachte angestrengt an Jiris Wegbeschreibung.

Vielleicht war ihre Mutter hier abgestürzt. Und was, wenn ihr Vater jetzt hochgeschaut und sie erkannt hatte, was auf die Entfernung schon ein Wunder wäre. Dann hätte er gesehen, dass sie sich den anderen angeschlossen hatte, dass sie eine Verräterin war.

Černaja machte einen Schlenker nach links und änderte leicht die Richtung, den unheilvollen Riss durch ihre Realität hinter sich lassend. An einer Baumkrone, die schon länger abgestorben war, machte sie eine Pause. Der Himmel war jetzt vermischt mit Sonnenstrahlen und kleinen weißen Wölkchen, die sich schier unendlich weit in den Horizont fortsetzten. Der Anblick war für sie immer noch extrem ungewohnt. Weder in ihrem Herkunftsdorf noch in der Stadt hatte sie jemals so oft und so viele verschiedene Wolkenschauspiele am Himmel gesehen. Sie schienen manchmal zum Greifen nahe, hüllten einen ein andermal bedrohlich ein oder flogen einfach in einem rasanten Tempo vorbei. Sie konnte schon verstehen, dass die Vogelmenschen ihren Himmel nicht aufgeben wollten.

Sie streckte sich in alle Richtungen. Durch die ungewohnte Körperhaltung beim Fliegen fühlen sich ihre Arme, Beine und der Rücken verspannt an. Sie ging noch einmal schnell die Wegbeschreibung in ihrem Kopf durch, kletterte auf den Baum und legte einen halbwegs passablen Start hin.

Am späten Nachmittag sah sie schließlich vor sich Aufbauten auftauchen, die sie als Behausungen identifizierte. Ein mulmiges Gefühl kribbelte durch ihren Körper. Da war es also. Černaja flog näher heran und sah, dass viel weiter vorne, vor den Häusern, eine Menschenansammlung war. Hunderte von Gestalten wuselten ohne für sie erkennbare Struktur herum. Sie waren grau.

49. Kapitel

So war das also mit ihrem Orientierungssinn. Sie landete erstmal etwas unsanft auf dem Boden. Ihr Herzschlag beschleunigte sich. In einiger Entfernung rannten die Vogelmenschen unkoordiniert herum, manche schrien, andere lachten. Plötzlich sah Čërnaja in der Mitte des Tumults zwei Graue in die Luft steigen und mit den bloßen Händen kämpfen. Einer von ihnen stürzte ab und das Geschrei ging wieder von vorne los.

Čërnaja überlegte sich, dass sie lieber den Rückzug antrat und einen neuen Versuch unternahm, zu den Roten zu kommen. Sie drehte sich möglichst unauffällig um.

Vor ihr standen zwei graue Frauen und musterten sie argwöhnisch. Čërnaja hatte instinktiv Angst vor ihnen. Sie waren mindestens einen Kopf größer als sie, extrem schlank und drahtig, ihre Augen funkelten wie Obsidian und ihr Gesicht war mit silbrig glänzenden Schuppen besetzt, die den Hals herunterflossen. Die Kleidung war nicht aus Leinen wie bei den Blauen, sondern aus schieferfarbenem Leder, mit Metall-Elementen an Schultern, Hüften und Knien. Neidisch betrachtete sie die Schuhe, die enganliegend, aber extrem stabil wirkten, aus festerem Material als Leder.

„Was ist mit dir?", fragte die eine von ihnen schroff und schien dabei wie auszuspucken.

Čërnaja bemerkte sofort, dass ihr Akzent viel kantiger und ganz und gar nicht melodisch klang. Die andere lief um Čërnaja herum und betrachtete sie dabei ausgiebig. Čërnaja spürte regelrecht ihren durchdringenden Blick über jeden Zentimeter ihrer Gestalt wandern. Als sie fast ganz herumgelaufen war, blieb sie dicht neben ihr stehen und beugte sich runter, um ihr unangemessen direkt in die Augen zu schauen. Čërnaja wagte es nicht den Blick zu erwidern, sondern starrte an ihr vorbei zu den Behausungen, die weiter weg lagen.

„Blaue Kleidung, graue Federn und Augen, dann diese Menschen-Haare", sie wirbelte abfällig durch Čërnajas Frisur, „aber das merkwürdigste ist ihr Gesicht, das kann nicht sein, oder?"

Čërnaja strich sich die Strähnen wieder glatt.

„Ich sehe es auch Lana… aber… es wäre absurd", erwiderte die andere.

„Kannst du mich verstehen?", sagte Lana nun zu Čërnaja gewandt in einem übertrieben deutlichen Ton.

Bevor sie antworten konnte brach im Hintergrund ein riesiger Jubel aus und dutzende Gestalten strömten und flogen in alle Richtungen um sie herum.

„Krow hat gewonnen", rief Lana ihrer Gefährtin zu, „ich hab's dir gesagt Re, sie ist die Stärkste."

„Wie macht sie das?", fragte Re verblüfft. „Hatte sie nicht erst letzte Woche diese Verletzung am Fuß? Ich kann es nicht glauben."

Lana zuckte mit den Schultern, packte Čërnaja wortlos am Oberarm und lief los Richtung der Behausungen. Čërnaja befand sich jetzt zwischen den beiden Frauen.

„Warum wollte Lex unbedingt gegen sie antreten? Er versucht es immer allen zu beweisen, aber jetzt ist er die Lachnummer", sagte Lana.

„Ich weiß nicht, er konnte sie noch nie leiden", bemerkte Re.

„Du hast recht… Schade, dass wir den Schlusskampf verpasst haben."

So ging es eine Weile, bis sie die erste Häuserreihe erreicht hatten. Čërnaja staunte über die einstöckigen Bauten aus Holz, die mit zahlreichen Moosen, Flechten und Efeu bewachsen waren. Plötzlich überkam sie die Befürchtung, dass sie ihr wieder die Flugfedern stutzen würden. Mit denen sie sich gerade mal einen Tag vertraut gemacht hatte. Nicht fliegen zu können war schlimm. Noch schlimmer war allerdings der Blackout, der ihr blühen würde.

Sie liefen um die Häuserreihe herum, dahinter kam ein Platz zum Vorschein, an dem gerade eine weitere Frau ein Lagerfeuer vorbereitete. Drum-

herum waren Baumstämme als Sitzgelegenheit ange-
ordnet. Sie gingen darauf zu und setzten sich.

„Stef, ich habe das hier gefunden", rief Lana zu
der Frau, die gerade Holzstücke schichtete.

Stef drehte sich um und musterte Čërnaja. „Was
ist das? Warum sieht sie so aus?"", erwiderte sie und
wandte sich wieder ihrer Arbeit zu.

„Sie stand am Rand des Kampfes, keine Ahnung,
was sie da zu suchen hatte", erklärte Re.

„Wer hat gewonnen?", fragte Stef.

„Krow natürlich."

„Sehr gut, sehr gut. Sie ist einfach die Beste. Ihre
Linke Seite, unschlagbar."

Das Holz wurde angezündet und alle setzten
sich. Starrten in die noch zierlichen Flammen, die
sich durch Rindenstücke fraßen.

„Wir machen keine Gefangenen, besonders nicht
in einem solchen Fall", sagte Stef schließlich und
seufzte dabei etwas bedauernd. Die beiden anderen
nickten.

Čërnaja fiel fast nach hinten um, als sie das hörte.

„Moment mal", fand sie ihre Sprache wieder,
„ich bin hier auf der Durchreise und wollte eigentlich
wo ganz anders hin. Lasst mich gehen, ich bin keine
Gefahr für niemanden."

„Du kannst sprechen?", fragte Lana.

„Fünf Sprachen", erwiderte Čërnaja.

„Das ist ja schön. Aber das Problem ist, dass du eine Hybride bist, eine merkwürdige Hybride. Wer war deine Mutter? Es ist aber auch eigentlich egal", Stef warf einen vieldeutigen Blick zu Re und Lana. „Wir dulden so welche wie dich nicht, da gibt es nichts zu rütteln. Du warst vorher bei den Blauen? Die mit ihrer phlegmatischen Art bekommen nichts hin. Es wundert mich nicht, dass sie dich gehen ließen. Aber hier läuft es anders."

„Dann setzt mich wenigstens wieder auf der Erdoberfläche ab, ich verlasse die Vogelwelt, wenn meine Existenz ein so furchtbarer Affront ist", versuchte es Čërnaja nochmal.

„Sie versteht es einfach nicht", Stef verdrehte die Augen und setzte sich seufzend zu den beiden anderen auf die Baumstämme.

„Okay", rief Čërnaja und lief auf und ab, „dann lasst mich beweisen, dass ich euch und eurer Entwicklung drei Schritte voraus bin."

Es entstand eine längere Pause, in der alle still waren.

„Du hast mein Interesse geweckt", sagte Stef, lehnte sich zurück und verschränkte die Arme. „Was könntest du bloß damit meinen?"

„Naja", sagte Čërnaja und lief jetzt um das Feuer herum. „Natürlich seid ihr mir körperlich weit überlegen, keine Frage."

Schnell, dachte sie, denk dir etwas Gutes aus. Irgendwas. Besser als abgemurkst zu werden. Was konnte sie gut? Mit welchen Stärken konnte sie bloß auftrumpfen?

„Du hast schon gehört, dass wir darüber hinaus überdurchschnittliche Intelligenz aufweisen, diese übersteigt nicht nur die der Menschen, sondern auch alle anderen Vogel-Gruppen", bemerkte Lana.

Puh, da hatte sie sich in einen schönen Schlamassel reingeritten.

„Nun gut", erwiderte Černaja langgedehnt. „Ihr haltet euch also für die klügsten und stärksten Lebewesen des ganzen Planeten, wenn ich das kurz zusammenfassen darf."

Die drei Frauen nickten bereitwillig.

„Ich weiß trotzdem, dass du, Lana, etwas zu verbergen hast. Meine Anwesenheit macht dich nervös, deswegen willst du mich schnell loswerden. Um dich zu retten. Du weißt ganz genau, dass dein Untergang bereits besiegelt ist", erklärte Černaja langsam.

„Du Miststück", Lana stürzte sich auf sie, Černaja rannte schnell um das Feuer herum, konnte gerade noch entwischen.

Lanas Augen schienen schwarze Funken zu sprühen, als sie sich gegenüberstanden, das echte Feuer zwischen ihnen. Černajas Körper vibrierte, als sie den nackten Hass auf sich spürte. Konnten ihre dünnen Membranen dem Stand halten? Sie musste

bei Bewusstsein bleiben, das war die oberste Priori-
tät, sonst war sie gleich verloren.

„Hey, Lana, setz dich wieder", sagte Stef im ruhigen Ton. „Lass das Mädchen. Wie heißt du überhaupt?"

„Čërnaja."

„Čër… was?", fragte Stef verblüfft.

„Čërnaja."

„Das ist kein Name, wirklich nicht. Chi, damit
kann ich leben", erklärte Stef.

Lana setzte sich tatsächlich wieder.

„Was hast du sonst noch drauf?", fragte Stef in
aller Ruhe.

In der Zwischenzeit kamen immer mehr Frauen
und Männer, setzten sich um das Feuer und flüster-
ten miteinander. Die Dunkelheit brach an und das
Feuer war schon groß und mächtig. Čërnaja hielt ihre
Hände daran, um sie zu wärmen.

„Es ist ganz offensichtlich", begann Čërnaja,
„dass ihr euch der Illusion hingebt, die Geschehnisse
vollständig mit dem Verstand erfassen und verarbeiten zu können. All die Regeln, die wir daraus ablei-
ten, sind uns eine wichtige Stütze und lenken unser
gesamtes Handeln. Deswegen wird es euch nicht
glücklich machen zu hören, dass damit ungefähr
zehn Prozent der Realität abgedeckt werden können,
der Rest läuft aber blind an euch vorbei und wird
nicht wahrgenommen. Weil es nicht ins Konzept

passt. Ganze Welten strömen durch eure Finger Tag und Nacht ohne dass ihr sie registriert. Deswegen wundert es mich nicht, dass ihr die Katastrophe nicht kommen seht. Das Ereignis, das euer baldiges Ende bedeuten wird. Ihr könnt mich heute noch lynchen. Das wird aber nichts daran ändern, dass die Geschichtsbücher, in denen von den Vogelmenschen als ausgestorbene Art die Rede ist, jetzt schon gedruckt werden, während ihr hier messt, wer wem schneller den Hals umdrehen kann."

Ein Raunen und Flüstern ging durch die Reihen.

„Bravo", hörte Černaja plötzlich hinter sich und drehte sich um.

Eine extrem athletische und hünenhafte Frau stand etwas abseits und klatschte betont langsam in die Hände.

„Was für eine beeindruckende Vorstellung", sagte sie in einem kühlen Ton. „Und was für ein ausgemachter Blödsinn. Glaubst du wirklich wir sind so leichtgläubige Trottel, dass wir jedem, der seine Erlöserphantasien zum Besten gibt, blind hinterherlaufen? Diese Masche ist zu platt."

Černaja hörte, wie die anderen sich immer wieder den Namen „Krow" zuflüsterten. Das musste also diese berühmte und vielsagende Person sein.

„Es tut mir leid, dass ich diese unterhaltsame Vorstellung unterbrechen muss", Krow schritt durch die Reihen auf Černaja zu. „Ich werde jetzt das umzusetzen, wozu bisher anscheinend niemand in der Lage war."

Sie standen sich gegenüber und für einen Moment trafen sich ihre Blicke im Feuerschein. Černaja spürte ein merkwürdiges Gefühl über sich hinwegkriechen. Es war ein Unbehagen gemischt mit einer unerklärlichen Verbundenheit. Die Aura dieser Frau war wahrhaftig rätselhaft und einnehmend, kein Wunder, dass sie wohl sowas wie die Anführerin der Gruppe war.

Krow durchbrach den Bann, packte Černaja solide am Oberarm und führte sie aus der Mitte heraus.

„Ich kann es dir nicht verdenken, dass du dich so ins Zeug legst und dich herauswinden willst, aber es war auch zu plump", sagte Krow und sie entfernten sich vom Schauplatz.

Černaja war wütend und verzweifelt, konnte nichts erwidern. Sie sollte sich jetzt wohl ihrem Schicksal fügen, es gab jetzt nichts mehr, was ihr einfiel. So ging ein mittelmäßiges Leben zu Ende. Und sie hatte sich da selbst reingeritten, von Anfang an. Wenn sie wirklich klug gewesen wäre, wäre es nicht passiert. Sie war aber dumm und unfähig, planlos und permanent überfordert. Und jetzt bekam sie, was sie verdiente. Hoffentlich würde es schnell und schmerzlos sein.

Nachdem sie eine Ewigkeit gelaufen waren, die Umgebung hatte mittlerweile an Farbe verloren und erschien nur noch schattenhaft grau, blieben sie stehen. Vor ihnen ein Loch Boden, ungefähr einen Meter Durchmesser. Unwillkürlich musste Černaja an den grünen Typen denken, den sie an einer vergleichbaren Stelle versenkt hatte. So geschah es ihr gerade recht, dass sie jetzt ein ähnliches Schicksal ereilte.

Černaja registrierte kaum, wie Krow plötzlich hinter ihr stand. Ein Knacken, ein jäher Schmerz durchfuhr sie. Die Flügel.

„Damit du nicht wieder hochkommst. Und du brauchst dich unten in der Brühe nicht abzustrampeln, der Tümpel ist zehn Meter tief und Schwimmen ist uns Vogelmenschen physiologisch untersagt, haben wir schon dutzendfach getestet", flüsterte Krow hinter ihr und Černaja spürte ihren Atem im Nacken.

Die gebrochenen Flügel katapultierten Černaja augenblicklich in ihre finstere Parallelwelt, wo nur noch Angst und Verderben herrschten. Niedergang, Demütigung, Scham schossen durch ihre Adern und übernahmen wie so oft die Kontrolle. Černaja spürte, wie sich Krows Hände um ihre Oberarme schlossen, sie zuerst an sich heranzogen und dann mit einem Schwung von sich weg nach vorne stießen. Černaja wusste nicht, mit welchem Teil ihres Bewusstseins sie nun operierte, sie klammerte sich im Fallen an irgendwelche Körperteile von Krow. Ein Gerangel entstand, ein Ziehen und Drücken und Zerren. Ein Schreien und schließlich ein gemeinsames Fallen.

Der Boden unter den Füßen war weg, stattdessen freier Absturz nach unten. Das triggerte Černaja noch mehr. Ungeahnte, unkontrollierte Kräfte brachen aus ihrem Körper heraus, sie schlug immer wieder auf Krow ein. Dann der schmerzhafte Aufprall auf der Wasseroberfläche, ein sofortiges Untertauchen, die Schläge wurden schwerfälliger durch den Wasserwiderstand. Sie schluckte Wasser und würgte. Der Kampf ging in ein sich aneinander Hochziehen über. In ein Treten und Wegschieben. Černaja riss sich schließlich los, schwamm nach oben.

Ein eiskalter, klarer Fluss erschien vor ihr. Sie hatten im Sommer öfter mehrtätige Ausflüge dorthin unternommen, zum Fischen. Ihr Vater war kein besonders guter Angler gewesen, aber es war immer eine angenehme Abwechslung im gleichförmigen Alltag und eine willkommene Bereicherung des Speiseplans, zumindest für ihren Vater. Der Fluss war breit und floss ruhig vor sich hin. Und ihr Vater hatte es geschafft, ihr Schwimmen beizubringen. Trotz der sperrigen Flügel. Das Wasser fühlte sich für Černaja geradezu unnatürlich an. Sie vermied es tunlichst, ihren Kopf unterzutauchen. Und später dauerte es eine Ewigkeit, bis Federn und Haare getrocknet waren.

„Schieb das Wasser mit den Händen weg", hatte ihr Vater immer gesagt und dieser Satz echote in dutzenden Variationen in Černajas Kopf.

Ihr Brustkorb war wie zugeschnürt, die Kraft, die sie nach unten zog war scheinbar so stark, dass jeder Widerstand lächerlich war. Dazu durchzuckte sie ein stoßartiger Schmerz, der von den Flügeln kam, welche unnatürlich verdreht hin und her baumelten. Das Wasser schmeckte nach Leichen. Und dann manövrierte sie tatsächlich ihren Kopf an die Oberfläche und japste, hustete, schnaubte, röchelte. Schwamm in irgendeine Richtung und schleppte sich an das Ufer.

50. Kapitel

51. Kapitel

Verdammt, dachte Čërnaja im nächsten Moment, immer noch Brackwasser aushustend. Flügel brechen, den Boden unter den Füßen verlieren und jemanden in den Tod stürzen, das ist wie das perfekte Rezept für den schönsten Blackout. Und an all dem war nur diese blöde Schnepfe schuld, die sich unbedingt in ihr Leben einmischen musste. Immer diese übergriffigen Leute, die sich einem mit ihren Meinungen aufdrängten. Čërnaja keuchte frierend.

Ob sie sich diesmal überhaupt an ihren Namen erinnern würde? Sie strengte ihr Gehirn an. Toll, ihre Persönlichkeit war mal wieder in unzählige Fragmente zerfallen, in der Vergangenheit, Gegenwart und Zukunft wild durcheinander gemischt wurden und Basics wie Name, Herkunft, Biographie unsortiert herumschwirrten, ohne eine feste Zuordnung.

Čërnaja rappelte sich auf und brachte ihren Oberkörper endlich in die Senkrechte. Ihre Flügel brannten bei jeder Bewegung und sie hatte das dringende Bedürfnis, sie zu fixieren, damit sie nicht bei jeder kleinen Regung Schmerzimpulse aussendeten.

Sie kroch auf allen Vieren vom Schlammloch weg. Mit zitternden Händen zog sie sich Hose und Oberteil aus und begann daraus eine Bandage zu formen und sich umzubinden. Sie knotete die beiden Hosenbeine vor ihrem Brustkorb aneinander. Ein bisschen wie damals, als sie ihre Flügel immer unter ihrem Mantel versteckte. Damals, es kam ihr wie eine komische, aus der Zeit gefallene Lebensphase vor.

Gleichzeitig dachte sie an ihre Mutter, die auch einen Absturz erlebt haben musste. Wieso hatte sie sich von einem flügellosen Erdbewohner pflegen lassen? War es die Zuneigung, die Erdbewohner zeigen konnten, die den Luftbewohnern vergönnt war? Hatte das auf sie gewirkt? Diese Vorstellung war so dermaßen skurril angesichts der Feindseligkeiten, die Čērnaja so mitbekommen hatte. Und auch bei ihr war es schon so, dass es sich unwürdig anfühlte, sich auf dem Boden aufzuhalten. Also hatte der Stolz der Vogelmenschen sie eingeholt und von ihr Besitz ergriffen. Kein Wunder, dass ihre Gedanken schon wieder darum kreisten, wieder nach oben zu kommen. Sie war noch nicht fertig gewesen.

Die Fixierung der Flügel war eine Entlastung. Čērnaja konnte aufstehen. Sie irrte in der Dunkelheit wie ein orientierungsloser Nachtfalter umher und sprang mit ihrem Erleben permanent umher zwischen Erinnerungen, wie ein Zeitreisender in einer defekten Zeitmaschine. Manchmal hatte sie das Gefühl, sich mit Jiri zu unterhalten, dann das Leben ihrer Mutter von außen zu beobachten. Mal saß sie in ihrem engen Mantel im Büro oder wurde von ihrer Familie als Hähnchenspieß gegrillt. Die Bilder ließen sie nicht los und drängten sich übereinander, ineinander, verschmolzen zu wirren neuen Szenarien und Černaja wusste nicht mehr, was die eigentliche Realitätsebene war und ob es diese überhaupt jemals gegeben hatte. Kurz, all die neuen Ereignisse bekamen ihrer psychischen Gesundheit nicht.

Am Morgengrauen war Černaja immer noch dabei, Gespräche mit den verschiedenen Teilen ihrer Selbst zu führen. Gleichzeitig formte sich in dem Abschnitt, der für das Funktionieren zuständig war, ein Plan für das weitere Vorgehen. Ein denkbar absurder Plan, aber was sollte sie machen.

Sie ging zurück zu dem Schlammloch. Es war sicherlich das widerlichste Gewässer, das sie je gesehen hatte. Wesentlich größer als gedacht, hatte das Wasser eine Farbe, die Verwesens-Braun genannt werden müsste. Es hatte nichts mit den Flüssen und Seen gemeinsam, die sie mit ihrem Vater aufgesucht hatte. Und doch hatte es mehr mit dem Leben gemeinsam als der klare kalte Fluss, in dem die Fische fröhlich auf und ab hüpften. Das Leben war undefinierbar.

Langsam kam sie der unbeweglichen Wasseroberfläche näher. Dann kniff sie die Augen zusammen und sprang rein. Hielt den Atem an. Tauchte ein. Wie tief konnte diese elende Grube nur sein? Černaja brauchte mehrere Anläufe, bis sie Krow zu fassen bekam und sie nach oben zerrte. Außer Atem und mit erneut schmerzenden Flügeln zog sie sich nach oben.

Sie war vorher noch nie einem toten Körper so nahe gekommen. Ihre Familie bereiteten diese immer zum Essen zu, wenn jemand aus der Gruppe starb, so wollte es die Tradition. Natürlich hatte Čërnaja nie an diesen Festmahlen partizipiert. Ihre Ernährung war instinktiv immer schon strikt fleischlos gewesen. Vielleicht konnte sie deswegen nie ein Teil ihrer väterlichen Verwandtschaft werden? Er nahm natürlich wie alle anderen an den Ritualen teil, es war für ihn eine Selbstverständlichkeit und ein bisschen beneidete Čërnaja ihn um diese unverkopfte Herangehensweise.

Čërnaja dagegen wollte anderen Körpern, egal ob lebend oder tot, nicht zu nahe kommen. So lief sie um Krow herum und versuchte ihre inneren Widerstände zu überwinden. Schließlich kniete sie sich nieder und begann, Kleidung von Krows kalten Gliedern zu pellen, ihre Oberschenkel waren kräftig, das Leder sehr eng.

Natürlich musste Čërnaja sich die Ärmel und Hosenbeine mehrmals umkrempeln, aber sonst saß alles wie angegossen.

Einen Moment war Čërnaja sich unsicher, was sie mit der Leiche machen sollte. Die ganze Aktion hatte sie körperlich extrem angestrengt, sie hatte eigentlich keine Kraft mehr in den Gliedern, um Krow zu bestatten. Aber so liegen lassen ging auch nicht. Sie entschied sich, sie wieder dem Wasser zu übergeben und zog sie mit den Füßen voran hinein. Krows Kopf wackelte dabei hin und her, etliche der Kopffedern blieben dabei auf der Strecke. Das alles war so seltsam emotionslos und entrückt.

Als der Körper wieder restlos untergetaucht war blickte Čërnaja nach oben und erspähte einen winzigen Ausschnitt des Himmels. So schnell wie möglich wollte sie ihn wieder komplett über sich spüren. Sie marschierte los, um die Gegend zu erkunden.

Zwischen den knarrenden Bäumen entdeckte sie die Stahlkonstruktionen, von denen sie schon gehört hatte. Mächtig und erhaben standen sie da. Wie war es nur möglich, dass die Grauen so etwas errichten konnten? Wie viel Aufwand und Logistik waren dafür notwendig? Kein Wunder, dass sie um jeden Zentimeter Revier kämpften, so konnten sie mehr Strom erzeugen und ihn gegen sowas hier eintauschen. Aber jetzt war Krow tot und Čërnaja wollte um jeden Preis zurückkehren. Das konnte nur im Desaster enden, doch sie sah keinen anderen Weg.

Sie würden ihr Vorwürfe machen, zu Recht. Sie würden Rache üben wollen, natürlich. Schon sah Čërnaja die Menge, die sich um sie scharrte. „Du bist eine Mörderin", sagten sie und zeigten auf sie mit dem Finger. „Wie viele Menschen hast du schon auf dem Gewissen? Uns kannst du nicht täuschen, wir haben alles gesehen. Wir wissen, was du getan hast", brüllten sie. In der Ferne sah sie den Richter, er saß ganz oben, sie konnte sein Gesicht nicht sehen, nur seine prägnante Statur. Er brauchte nichts zu sagen, sie wusste, dass das Urteil schon gefallen war. „Du bist menschlicher Müll, ein schädlicher Organismus", rief die Menge wieder und Čërnaja wusste, dass dies die Urteilsbegründung war. „Dich nicht zu vernichten wäre ein Verbrechen, beseitigt diesen Abfall."

Čërnaja, die andere Čërnaja, die, die gerade durch den Wald lief, konnte dieser Gerichtsverhandlung nichts entgegensetzen. Sie war ausgeliefert. Hatte keinen Funken Selbstvertrauen, um sich zu verteidigen. Um mildernde Umstände anzuführen. Sie wusste, dass die Menschenmenge unerbittlich war und sie für jeden Einspruch verhöhnen würde. Niemand würde es zulassen, dass menschlicher Abfall gehört werden würde.

Sie stolperte, halb blind und halb taub durch den Wald und konnte nicht sagen, was von den vielen Visionen, die sie heimsuchten, die Halluzinationen und was die Wirklichkeit war. War der Vogelwald ein Traum, in den sie flüchtete, um dem Rechtsurteil zu entkommen oder war die Gerichtsverhandlung der dunkle Schatten auf ihrer Seele, der sie heimsuchte, wenn die Realität sie übermannte?

Völlig nassgeschwitzt kam Čërnaja bei einer Metallstelze an. Sie tastete das Ding nach einer Möglichkeit ab, es zu erklimmen. Das kühle Metall lenkte sie sensorisch ab. Sie drückte ihr heißes Gesicht dagegen und spürte die angenehme Glätte der Oberfläche. Manisch lief sie immer wieder um die Stelze herum. Sie bekam irgendwas zu fassen und zog sich hoch. Augenblicklich setzte der Schmerz in ihren Flügeln wieder ein. Und auch sonst war ihr Körper ein Schmerz-Krisengebiet. Černaja hatte nicht gut Halt, aber irgendwie kam sie voran.

„Du schaffst es, jedem Schaden zuzufügen, dem du begegnest, ohne Ausnahme", brüllte die Menge wieder. Stück für Stück zog sie sich an den Querstreben hoch und merkte ziemlich schnell, wie anstrengend das eigentlich für ihren Körper war, der vor ein paar Stunden noch über zehn Meter in die Tiefe gefallen war. Wie zur Strafe dafür musste er jetzt jeden einzelnen Zentimeter dieses Falls mit extremer Anstrengung wieder zurücklegen, aber entgegen der Schwerkraft.

„Du bist es nicht wert, deinen Namen und deine Farben zu tragen", setzte die Menge wieder ein und Černaja hörte im Hintergrund den Hammer des Richters schlagen, um Ruhe reinzubekommen. „Dein Name, dein Erscheinungsbild, deine Identität – all das soll dir weggenommen werden", rief seine tiefe Stimme und die Leute schrien und pfiffen dazu.

Nach und nach verschwand das Getöse immer mehr im Hintergrund. Bis sie schließlich nur noch ein Rauschen und Dröhnen in ihren Ohren hörte.

Dann kam auch das Gefühl in die Arme und Beine wieder zurück. Ihre Hände waren rissig und wund gescheuert vom Hochklettern.

Aus Angst, sie würde ihre Kräfte ganz verlieren und sich nicht mehr halten können, legte sie noch einen Zahn zu und zog sich höher und höher. Endlich kam die Ebene näher. Die Arme zitterten jetzt bedrohlich, bettelten um eine Entlastung. Die letzten Meter dachte sie, das war es jetzt, es reicht nicht. Tränen und Schweiß liefen ihr über das Gesicht, sie traute sich nicht nach unten zu schauen. Und dann kam die Lücke, durch die sie sich zwängen konnte, immer näher. Noch zwei Metallstreben. Noch eine. Sie quetschte sich durch nach oben, zog ihren Körper hindurch und kam endlich in die Waagerechte. Blieb dort einfach liegen. Das mache ich nie wieder, egal was, dachte sie schnaufend.

Durch die Augenlider spürte sie die Sonne auf sich runterknallen. Die Wärme tat ihr gut, denn ihre Kleidung war immer noch nass von dem Tümpel. Sie strich sich die Haare aus dem Gesicht und öffnete die Augen. Betrachtete ihre Hand. Ihre Haut war wie immer. Aber die Nägel waren karmesinrot mit schwarzen und weißen Sprenkeln. Sie knibbelte an ihnen herum, um zu testen, ob das wirre Muster nur auf der Oberfläche war. Es ließ sich nicht abwischen.

Sie ächzte und richtete ihren Oberkörper auf. Er fühlte sich wie ein Sack Pudding an, definitiv nicht menschlicher Herkunft und ohne die geringste Spur von Knochen oder Muskeln. Černaja zog sich ein paar Haare ins Gesicht. Dasselbe Rot mit grauen Strähnen. Also wie immer, oder? Durch die Haare sah sie, dass in einigen Metern Entfernung Menschen angelaufen kamen. Sie richtete sich auf und lief ihnen, so souverän wie möglich, entgegen. Name, dachte sie. Name, Name, Name. Vorname? Nachname? Spitzname? Sie tastete nach ihrem Notizbuch, nach irgendwas, aber es war nichts mehr da. Er fing mit einem K an, ganz sicher. Endete mit einem ja. Gleich hatte sie es.

Die anderen blieben stehen und starrten sie an.

Kris. Nein. Krow, nein, so hieß die andere. Jiri. So hieß der Blaue. Verdammt, die Namen purzelten in ihrem Kopf herum und sie bekam keinen zu fassen.

„Was glotzt ihr so dämlich?", rief sie den Leuten entgegen.

Immer mehr kamen dazu, aus allen Richtungen angeflogen und angelaufen.

„Ihre Augen…", hörte sie jemanden flüstern.

Irgendwie musste sie hier schnell weg, denn ihre Puddingbeine gaben nach. Sie lief weiter und die Gruppe ging auseinander, um ihr Platz zu machen. Nach einer Weile merkte sie, dass Re neben ihr war.

„Wie hast du…?", fragte Re.

„Lange Geschichte", Čërnaja winkte ab. „Ich müsste mich kurz hinlegen und jemand müsste meine Flügel schienen, wäre das möglich?"

52. Kapitel

Nachdem sie drei Tage durchgeschlafen hatte schlug sie die Augen auf und rief: „Ich heiße Krasnaja, das bedeutet in meiner Heimatsprache ‚die Rote'. Mein Vater hat mich so genannt, weil ich mit roten Federn geschlüpft bin. Sie ergrauten später. Ich muss die Roten finden, um Antworten auf meine Fragen zu bekommen."

Krasnaja seufzte tief und wollte sich umdrehen, aber dann meldeten sich ihre schmerzenden Flügel und sie schrie vor Schreck auf.

Re kam von irgendwoher angerannt.

„So ein elender Mist", quetschte Krasnaja zwischen den Zähnen hervor, „kann mir nicht endlich jemand diese verfluchten Flügel vom Leib schneiden? Ich hab nur Ärger mit den Dingern, es ist nicht zum Aushalten."

Re machte große Augen.

„War doch nur ein Scherz", schob Krasnaja gequält hinterher.

Sie schaute sich um und sah sich in einer dieser kleinen Hütten auf einer Bodenmatte liegen. Kein Vergleich zu den engen Kobeln der Blauen, in denen man klaustrophobische Zustände bekam. Dieses Holzhäuschen war zwar nicht groß, aber man konnte hier aufrecht stehen und sogar umherlaufen. Es war allerdings ähnlich wie bei den Blauen absolut karg eingerichtet. Unter dem winzigen Fenster war ein Regal mit ausschließlich grauer Kleidung und Schuhen. An der gegenüberliegenden Wand fanden sich Speere, Pfeile und Bogen, eine etwas angerostete Axt auf dem Boden. An den Holzlatten hingen überall lose verstreut einzelne Federn in allen Farben, auch violett und petrol waren dabei.

„Ich sehe, du hast mir die dünnen Hölzchen gebracht, um die ich gefragt hatte", sagte Krasnaja mit Blick auf einen Haufen neben ihr. „Du musst mir helfen beim Schienen, geht das?"

Re guckte irritiert.

„Ich weiß, ihr stürzt euch voller Elan in den Tod sobald eure Flügel gebrochen sind. Ich ticke da etwas anders", murmelte Krasnaja und begann die einzelnen Schichten grauer Kleidung und blauer Verbände von sich zu schälen. Mehrmals musste sie ein Aufschreien unterdrücken. „Doch, ich kann verstehen, warum ihr euch das nicht antut."

Re schaute, als hätte sie einen Geist gesehen.

„Was ist mit deinem Körper?", flüsterte sie schließlich.

Krasnaja drehte sich von ihr weg, wandte ihr den Rücken zu. Sie musste furchtbar albern aussehen mit ihrer Haut im Vergleich zu den schuppenbedeckten Vogelmenschen. So ähnlich wie ein Nacktmull. Außerdem hatte sie durch kluge Beobachtung und mithilfe von Jiri mittlerweile rausgefunden, dass die

Oberkörper der Vogelfrauen sich anatomisch in einem Aspekt stark von den anderen Menschen unterschieden: Sie waren nicht für das Stillen eines Babys ausgelegt. Da das bei Krasnaja anders war, hatte sie noch mehr Gründe sich zu verstecken.

Krasnaja fragte sich, wie das möglich war, wenn doch nur ihre Mutter die weiblichen Merkmale an sie vererben konnte, nicht ihr Vater. Aber wer wusste schon, wie die Vererbung zwischen zwei unterschiedlichen menschlichen Spezies funktionierte. Und ob sie zur Fortpflanzung Eier legen oder lebend gebären würde oder schlicht und einfach unfruchtbar war, das war Krasnaja alles noch vollkommen unklar.

„Du nimmst einfach die gebrochenen Knochen, schiebst sie so halbwegs wieder in die richtige Position", begann Krasnaja zu erklären, „hältst das Stück Holz dran und fixierst das alles mit diesem Band."

Sie nahm das Oberteil, das Babu ihr damals gegeben hatte und riss schmale Streifen heraus. Das Blau war noch zu erahnen unter dem Dreck und getrocknetem Blut. Sehnsüchtig versank sie in den Resten des wunderschönen Blaus, das die Farbe von Himmel, Wasser und Jiris Augen hatte. Von einer Welt erzählte, die mittlerweile ewig weit weg schien.

„Argh", schrie Krasnaja auf und zuckte zusammen.

Der erste Bruch wurde gerichtet. Tränen schossen ihr ins Gesicht.

„Mach bitte weiter", krächzte sie, als sie merkte, dass Re zurückgewichen war. „Diese verdammten Flügel, ich lasse sie mir an Ort und Stelle abhaken, sobald ich diesen Vogelwald ein für alle mal verlassen habe."

Sie krümmte sich nach vorne. Die Aussicht auf Selbstverstümmelung hatte etwas Tröstliches, so war es schon früher gewesen. Wenn sie nur endlich die schlechten Teile von sich abschneiden könnten, die faulen Stellen entfernen.

„Nein…", quetschte sie beim nächsten Mal durch die Zähne, diesmal darauf bedacht, ihre Reaktion auf den Schmerz zu unterdrücken. Dabei fixierte sie einen beliebigen Punkt auf dem glatten Holzboden und schnaufte, als würde sie einen Berg besteigen.

Es folgten noch weitere Justierungen an ihren Flügeln und Krasnaja fluchte, weinte, drohte und flehte immer abwechselnd, bis das Werk endlich vollbracht war.

„So, jetzt der Schluss", wisperte sie kraftlos und reichte Re ein langes Stück blauen Stoffs, das sie aus ihrer ehemaligen Hose hergestellt hatte. Die durchnässten Blätter, die sie gesammelt hatte, nahm sie sorgsam heraus und steckte sie in die graue Hosentasche. „Wir binden jetzt diese total verkorksten

Flügel, von denen keiner weiß, ob sie jemals wieder ihren Zweck erfüllen können, ganz fest an den Rücken."

Sie hob ihre Arme, damit Re besser drankam und drehte sich mehrmals um ihre eigene Achse. Stofflage um Stofflage schichtete sich um ihren Oberkörper, bis alles verbraucht und fest verschnürt war, so wie früher. Jetzt noch die graue Lederkluft und das Werk war vollbracht.

Krasnaja drehte sich um und schaute Re an. Res Hände waren mit blutigen Federn verklebt. Auf dem Boden lag ein wirrer Haufen von weiteren Federn in fast allen Farben. Weiß, rot, grau. Krasnaja kniete sich hin und hob einzelne davon auf.

„Sind die alle von mir?", fragte sie tonlos.

Re nickte langsam.

„Aber wie kann das sein, meine Federn waren zuletzt grau, wieso…", flüsterte Krasnaja und wühlte wahllos durch den Haufen, der mit Knochenstückchen und Blut vermischt war.

„Dein Gesicht…, sagte Re und zog die Augenbrauen zusammen.

„Was ist damit?", fragte Krasnaja und tastete.

Doch dann war draußen plötzlich ein Geschrei zu hören und Krasnaja lief schnell raus, Re folgte ihr.

Ein paar Meter entfernt waren zwei Leute in einer Schlägerei verwickelt. Krasnaja und zahlreiche andere näherten sich ihnen. Die beiden Prügelnden

bewegten sich unglaublich schnell. In einem über-
menschlichen Tempo wälzten sie sich über den Boden, flogen dann wieder ineinander verschränkt in
die Luft, einer stürzte sofort wieder ab, der andere
folgte ihm wie der Blitz. Die Bewegungen der beiden
waren höchst präzise, abgehakt und so schnell aufeinander folgend, es hatte etwas Übernatürliches. Nur
mit Mühe konnte Krasnaja die eine Person als Lana
identifizieren, der andere war ein Mann. Vielleicht
dieser Lex, von dem sie mal gehört hatte?

„Was ist da los?", fragte Krasnaja einen Zuschauer neben sich.

„Lex wollte sich gleich schon als Chef aufspielen.
Der hat sich natürlich gefreut, dass Krow jetzt tot ist.
Lana war damit nicht einverstanden, sie war schon
immer eine eiserne Anhängerin von Krow gewesen",
erklärte er ihr durch das allgemeine Getümmel
schreiend.

„War denn Krow eure Anführerin, Chefin, Ober-
haupt oder sowas?", hakte Krasnaja nach.

„Um Himmels Willen", empörte sich ihr Gegenüber. „Wir sind doch keine Herde Schafe. Bei uns lebt
jeder völlig autark. Wir brauchen niemanden, der
uns Befehle erteilt", er schüttelte den Kopf und
schwirrte ab.

„Aber…", Krasnaja verstand nicht.

„Mädel, du hast Nerven", zischte ihr ein anderer
neben ihr zu, der das Gespräch anscheinend mit

angehört hatte, „was machst du hier noch? Du weißt, sie werden dich töten, oder dir noch Schlimmeres als das antun. Bist du bescheuert? Lana hat Krows Geheimnis gut aufbewahrt und wird so lange nicht ruhen, bis sie ihre Freundin gerächt hat."

Der Mann schüttelte nur abwertend den Kopf.

Er hatte recht. Sie lief seit ihrer Ankunft sehenden Auges in ihr Unglück und konnte es nicht verhindern. Weil ihr Gehirn anders verdrahtet war und immer wieder auf Selbstsabotage schaltete. Damit sie sich noch mehr in der Opferrolle suhlen konnte. Um alles kaputt zu machen und dann später behaupten zu können, die anderen wären schuld.

Krasnaja lief auf die beiden Kämpfenden zu und drängte sich zwischen sie. Es war gar nicht so einfach, ein paar kräftige Schläge bekam sie noch ab und taumelte herum. Doch die Auseinandersetzung war unterbrochen. Irritiert schauten sie sich alle an. Lana kniete auf dem Boden, Lex stand aufrecht zum nächsten Angriff bereit.

„Ich brauche ganz kurz eure Aufmerksamkeit", rief Krasnaja und hielt die Arme rechts und links ausgestreckt, wie um sich Lex und Lana symbolisch vom Leib zu halten. „Es gibt wichtigeres als sich die Köpfe einzuschlagen. Habt ihr schon mitbekommen, dass ihr bald umziehen müsst? Wir können euch eure Stelzen wegsprengen oder zusammen überlegen, wie wir das auf die Reihe bekommen. Also, wer ist dabei?"

Wortlos ging Lex auf sie zu und schlug ihr so fest ins Gesicht, dass sie zusammenbrach.

Noch mehr Schmerz und ein warmer Strom ergoss sich über Nase, Mund und Kinn. Aus der Menge war ein Gelächter zu hören. Natürlich wusste sie, dass sie Lex eine Steilvorlage geliefert hatte. Er reagierte wie gewünscht. Krasnaja rappelte sich auf, obwohl sich alles drehte und sie Mühe hatte oben und unten zuzuordnen. Seine Faust war wie aus Eisen, aber Krasnaja hatte schon mal einen von ihnen ausgetrickst, gerade wenn sie sich in ihrer Selbstsicherheit badeten. Verschwommen konnte sie seine Gestalt vor sich erkennen.

„Du bist so einer, du denkst, du bist der Stärkste hier?", sagte Krasnaja mit einer Ruhe als würde sie mit Schmidt die Abrechnung durchgehen.

Sie trat ein paar Schritte nach vorne, obwohl sie Schwierigkeiten hatte ihn zu lokalisieren. Die Welt schwankte noch etwas.

„Kräftig zuschlagen ist aber auch das einzige, was du drauf hast", fuhr sie fort. „Ich sehe dir an der Nasenspitze an, dass du null Grips hast, genau wie Krow, ihr seid einfach nur auf Konfrontation aus. Absolut nicht in der Lage, die Zukunft für eure Leute zu gestalten. Bis ihr von ihr überrannt werdet. Und dann ist es zu spät."

Sie sah ihm an, dass er mit ihrer Ansage nicht viel anfangen konnte. Seine Gesichtszüge zuckten und er ballte wieder die Fäuste.

„Dann zeig doch nochmal allen, wie gut du das machst. Dann haben auch alle nochmal was zu Lachen. Schlag mich so fest du kannst genau hierher", Krasnaja zeigte auf die Stelle zwischen ihren Augen.

Sie waren sich jetzt so nah, dass ihr Blut von ihrem Kinn auf seine Schuhe tropfte. Sie fixierte seine Augen und konnte Unsicherheiten darin erkennen. Es kostete ihn viel Kraft, ihrem Blick Stand zu halten. Seine anthrazitfarbenen Augen wollten flüchten. Sie waren weit aufgerissen und zuckten verwirrt hin und her. Um sie herum war es eisig still geworden, niemand rührte sich.

„Komm schon Lex", sagte Krasnaja.

Er wich zwei Schritte von ihr zurück und sofort ging ein Raunen durch die Menge. Krasnaja ließ seine Augen nicht entwischen.

Dann, es kam ihr vor wie in Zeitlupe, nahm sie Anlauf, sprang so hoch sie konnte, die Verbindung zwischen ihren Augen hielt immer noch, sie kamen sich immer näher. Es waren nur noch seine und ihre Augen. Grau auf grau. Sie sah sich und die ewige Spiegelung ihrer Selbst in seiner Pupille. Ein Gesicht, so verändert, dass sie es nicht wiedererkannte. Und schließlich knallte ihr Kopf auf seinen, ihre Augen auf seine, mit einer Wucht, wie Krasnaja es niemals für möglich gehalten hätte. Als würden ihre beiden Schädel zerbersten. Wie fest war so ein Vogelmenschen-Kopf? Hoffentlich hatte sie die Schädelknochen ihres Vaters geerbt.

Schließlich landete sie wieder auf ihren Füßen. Fasste sich an den Kopf, um zu überprüfen, ob alles an seinem Platz war. Dann erst spürte sie den erdbebenartigen Schmerz, der sie in etlichen Wellen immer und immer wieder überrollte. Lex war zu Boden gegangen und lag jetzt reglos da. Krasnaja musste das starke Verlangen unterdrücken, in sein Gesicht zu treten. Wie gerne hätte sie ihm jetzt, da er so hilflos war, noch eine verpasst. So oft musste sie einstecken. Aber wenn sie dem Verlangen nachgab, würde sie eine schlimme Dissoziation riskieren.

Eine Ansammlung von dutzenden von Menschen blickte ihr entgegen, als würden sie ihre Entscheidung erwarten. Krasnaja drehte sich von Lex weg und ein Aufatmen war zu vernehmen. Stattdessen lief sie ein paar lockere Runden über den Platz, auf dem Lana nicht mehr zu sehen war. Sie brauchte das, um durchzuatmen.

„Ihr wollt wahrscheinlich nicht am Boden liegen wie Lex, wenn die Entwicklungen auf unserem Kontinent euch überrollen", begann Krasnaja. „Jetzt seid ihr noch in eurem Element, könnt euch hier austoben wie ihr wollt, aber spätestens in ein paar Jahren wird euch eure Lebensgrundlage wegbrechen. Denn da, wo ich herkomme gibt es noch mehr Leute wie mich, wir können nicht gut kämpfen, wissen uns aber zu helfen. Krow und Lex sind eine aussterbende Spezies, die nächste Generation wird das Ruder übernehmen und die haben andere Ziele."

Krasnaja ließ ihren Blick durch die Menge gleiten und streifte eine Gruppe von jungen Frauen, die sie verächtlich anstierten. Okay, diese neue Generation war es wohl nicht. Sie fing den Blick von Lana ein. Krasnaja zwinkerte ihr zu, Lana drehte sich sofort weg.

Die Ansammlung begann sich aufzulösen. Die Zuschauer verliefen sich in alle Richtungen. Krasnaja wusste nicht wohin mit sich. Sie hätte sich gerne zurückgezogen, um über das Erlebte nachzudenken. Um einen Plan zu machen, wie es weiterging. Um zu schlafen. Ihr Gesicht zu waschen. Etwas essen. Sich ein riesiges Kühlpaket auf das Gesicht legen. Stattdessen trieb der reißende Strom des Lebens sie immer weiter, erlaubte ihr keine Pause.

„Hier, das ist für dich", sagte Re plötzlich neben ihr und hielt ihr einen Lederbeutel hin.

Er war mit Wasser gefüllt. Sie trank ein paar Schlucke. Goss sich den Rest über ihr Gesicht und wusch es grob mit den Händen, wobei sie ihre Nase aussparte. Sie liefen los, in Richtung der Feuerstellen. Es fing schon an zu dämmern.

„Seh ich halbwegs okay aus?", fragte Krasnaja und gab den Beutel zurück.

Re nickte.

„Ich muss dich leider noch um einen Gefallen bitten", sagte Krasnaja wieder zu Re gewandt und blieb stehen.

Diese schaute erschrocken, was Krasnaja ihr nicht verdenken konnte.

„Kannst du bitte meine Nase wieder gerade biegen. Du bist doch jetzt meine Expertin für gebrochene Knochen."

Re lächelte zaghaft. Hob die Hände und Krasnaja zuckte zusammen.

„Mach es bitte ganz schnell", flüsterte sie und schloss die Augen.

Ein schneidender Schmerz durchfuhr ihren Kopf und es knackte und knirschte so stark, dass Krasnaja dieses eklige Geräusch lange nicht vergessen würde.

53. Kapitel

Das Leben ließ sich nicht lenken, dachte Krasnaja, als sie weitab der Feuerstellen vor einer der Hütten saß. Es entzog sich ständig der Kontrolle. Permanent passierten Dinge, die sie vorher nicht antizipieren konnte und nicht für möglich gehalten hatte. Ein unaufhörlicher Fall von einer Schlucht in die andere. Und dabei entglitt ihr alles, ihre Vergangenheit, ihre Identität, ihre Geschichte. Ständig brachen Stücke davon ab und zerschellten an den steilen Felswänden. Scherben davon konnte sie noch aufsammeln und versuchen, sich den Rest zusammen zu reimen. Das funktionierte so mittelmäßig. Krasnaja wusste nicht, wie sie es sonst machen sollte. Das ständige Fallen war anscheinend Teil ihrer DNA, es fing alles damit an, dass ihre Mutter vom Himmel gefallen war.

„Willst du etwas essen?", fragte Re sie neben sich.

Krasnaja kniff die Augen fest zu und riss sie wieder auf, um die inneren Bilder zu verdrängen und sich wieder auf die Realität einzustellen. Filmwechsel. Re hielt ihr in der Hand ein paar seidengraue Beeren hin. Krasnaja nahm dankend an. Sie schmeckten wie eine Mischung aus grünen Oliven und schwarzen Johannisbeeren. Gewöhnungsbedürftig, aber es war Essen.

„Danke, dass du dich um mich kümmerst", sagte Krasnaja und schaute in Res Gesicht, soweit sie es noch erkennen konnte. Sie war sehr jung, bestimmt noch nicht mal zwanzig.

„Ich möchte mit dir mitkommen", erwiderte Re.

Damit hatte sie nicht gerechnet. Sie schaute ihr wieder in die Augen, sie sah sehr traurig aus.

„Ich will dir keine falschen Versprechungen machen", antwortete Krasnaja. „Jetzt kann ich dich nicht mitnehmen. Aber ich hoffe, dass ein Umsiedlungsprojekt zu Stande kommt. Warum fliegst du nicht einfach selbst in die Metropolregion?"

Bevor Re antworten konnte, ertönte die Stimme von Lana, sie rief Res Namen.

„Wir dürfen nicht zusammen gesehen werden", flüsterte Re und schlich sich lautlos davon, bevor Krasnaja auch nur blinzeln konnte.

Es war auch Zeit für Krasnaja, die Grauen zu verlassen. Sie hatte ihr Glück genug herausgefordert und sollte verschwinden, solange sie noch konnte. Nachdem sie keine Stimmen und Schritte mehr hörte, lief sie in die Dunkelheit. Buschwerk kam ihr unter die Füße. Sie fiel mehrmals der Länge nach hin. Es tat gut dieser Gegend zu entkommen, sie hatte keine guten Vibes. Die Büsche wurden größer und dichter. Irgendwann legte sie sich einfach an Ort und Stelle hin.

Ihr Körper war übermäßig erschöpft und bettelte darum, etwas zu schlafen, doch ihr Geist ratterte unentwegt vor sich hin und produzierte die unnötigsten Zusammenhänge. Hinzu kamen diese unsäglichen dumpfen und pochenden Schmerzen, ihr Körper war die reinste Großbaustelle. Noch zu den Roten und dann war es genug. Endlich ihre Mutter aufspüren. Aber ihre Flügel wieder mal. Sie musste verdammt nochmal erneut eine Ewigkeit warten, bis diese geheilt waren.

Im Morgengrauen blieb Krasnaja noch liegen und schaute den Wolken beim Vorbeiziehen zu. Sie hätte gerne etwas gegessen, so eine richtig ordentliche üppige Mahlzeit, nach der man komatös in sein Bett rollte. Ein Bad im warmen sauberen Wasser wäre auch nicht schlecht. Und Menschen, mit denen man normale Gespräche führen konnte. Arbeitsroutine. Erwartungssicherheit. Aber war sie in ihrem normalen Leben so glücklich? Hatte sie nicht die Flucht gesucht aus der anonymen Stadt, den beliebigen Bekanntschaften, den bürokratischen Strukturen?

Plötzlich verdunkelte sich der Himmel. Zu ihrem Entsetzen kamen drei graue Vogelmenschen zu ihr runtergeflogen. Diese Ruhepause währte nur kurz. Krasnaja richtete sich auf und erschauderte beim Anblick der drei jungen Frauen, die rings um sie landeten. Diesmal würde sie aus dieser Sache nicht rauskommen, das wusste sie, als sie das Blitzen in ihren Augen sah. Angriffslustig, begierig, feindselig.

„Schau mal einer an", sagte die eine und leckte sich die Lippen.

„Unsere Superfrau, die es allen gezeigt hat", sagte die andere und lachte keckernd.

Ihre Gesichter hatte sie eventuell flüchtig in der Menge gesehen.

„Bitte", sagte die dritte gespielt, „mach mich nicht fertig, ich hab solche Angst vor dir."

Alle lachten und klatschten sich ab.

„Mädels, was machen wir mit unserem Fang? Einfach abliefern finde ich persönlich sooo langweilig, was sagt ihr?", rief die eine.

Sie umkreisten sie jetzt und Krasnaja konnte die Anspannung in der Luft spüren. Ihre Atmung beschleunigte sich. Dann versetzte eine von ihnen ihr einen kräftigen Tritt in die Magengrube. Krasnaja wimmerte und rollte sich auf die Seite.

„Ach schau mal, die wehrt sich gar nicht. Das ist aber nur halb so lustig", bedauerte die andere und kniete sich nieder.

Packte Krasnaja an den Haaren und zog ihren Kopf hoch. Krasnaja vermied jeden Blickkontakt und starrte bloß auf die spitzen stahlgrauen Fingernägel ihrer anderen Hand und den enganliegenden Lederanzug, der von einem breiten Gürtel zusammengehalten wurde.

„Wunderschönes Haar hast du", gackerte sie und zerrte ruckartig daran. „Das würde ich mir auch gerne über das Bett hängen. Hast du etwa gedacht der Tod von Krow wird nicht gerächt? Falsch gedacht."

Krasnaja schrie auf und packte sie an der Hand, um sie abzuschütteln, aber keine Chance, der Griff saß bombenfest.

„Na also, geht doch. Komm, kämpf mal ein bisschen mit uns. Ich verspreche dir, wir werden viel Spaß zusammen haben", fuhr die junge Vogelfrau fort.

„Apropos Spaß", kiekste eine andere. „Es ist doch nur halb so lustig, wenn sie angezogen ist. Reißt ihr Krows Anzug runter, den sie mit ihrer Überheblichkeit besudelt hat. Ich habe gehört sie hat eine wunderbar zarte Haut und einen ungewöhnlichen Körperbau."

„Gute Idee, ich bin schon so heiß drauf", kreischte die nächste.

Krasnaja schrie und wehrte sich, bis sie das Bewusstsein verlor.

54. Kapitel

55. Kapitel

56. Kapitel

Gewalt, Schmerzen, Trauma. Repeat. Gewalt, Schmerzen, Trauma. Repeat. Krasnajas Leben. Oder wie sie im Moment auch immer hieß. Zerschnitten. Zerstückelt. Ihr Körper und ihr Geist. Zerhackt und achtlos weggeworfen. Immer dann, wenn sie dachte, das Schlimmste sei überstanden. Sie war es noch nicht einmal wert an einem Stück beerdigt zu werden wie normale Leichen. Sie starb immer wieder und wurde immer aufs Neue entsorgt.

Die Vogelfrauen warfen ihren nackten und blutenden Körper weit weg in die Pampa. In die sengende Sonne zum Verrotten. Die Fliegen fingen schon an, sich zu sammeln.

Die zerstückelten Teile konnten nie wieder so zusammenwachsen wie vorher. In dem Moment, in dem der Kopf vom Körper getrennt wurde, gab es kein Zurück. Die Einheit war für immer hinüber. Gewalterfahrungen trennten unwiederbringlich. Doch neue, vorher nicht da gewesene Verbindungen konnten entstehen.

Das stinkende Stück Fleisch, das von Krasnaja noch übrig war, wurde als erstes von Re entdeckt. Es hatte einen halben Tag gedauert, bis sie sie gefunden hatte, irgendwo zwischen Solaranlagen und Büschen mit roten Beeren. In dem Revier der Roten zu sein war für Re unerträglich. Wenn die sie hier aufspüren würden, würde sie selbst Gräueltaten zum Opfer fallen.

Zuerst war sie sich sicher, dass Krasnaja bereits tot war. Eine Kopfwunde, die stark blutete, rostrotes Erbrochenes über dem Oberkörper, Arme und Beine unnatürlich verdreht, dutzende Schnitt- und Schürfwunden, alles voller Blut. Irgendwie hatten sie als einziges die Flügel kaum angerührt, die waren immer noch halbwegs in blauen Stoff gewickelt.

Sie fühlte Krasnajas Puls an ihrem Hals, der mit dunklen Würgemalen übersät war. Schwach. Als erstes holte sie ein graues Tuch, welches sie mit anderen Sachen hektisch eingepackt hatte, klappte den klaffenden Hautlappen am Scheitel zu und presste es auf die Kopfwunde. Es sah so aus, als hätte jemand versucht Teile der Kopfhaut abzureißen. Re drückte so fest sie konnte und kniff die Augen zusammen. Würgereiz verdrängen.

In diesem Moment landete ein blauer Vogelmann neben ihr. Re hob den Kopf und funkelte ihn bösartig an. Was machte der denn hier? Sein Revier war hunderte von Kilometern weit weg, schoss es ihr durch den Kopf.

„Was ist passiert?", fragte er und Re fiel sofort der andersartige Dialekt und ein ausgesprochen ruhiger Tonfall auf.

Re öffnete den Mund, um zu erklären was los war, brachte aber kein Wort heraus. Wie sollte man das alles in Sprache beschreiben?

Der Mann kniete sich gegenüber von ihr auf die andere Seite von Krasnaja.

„Was… was…", stammelte er jetzt und wollte Krasnajas Arm berühren.

„Fass sie nicht an", zischte Re und schubste ihn mit einem gezielten Schlag nach hinten, sodass er umfiel. Dabei sah sie, dass er auf dem Rücken Pfeile und Bogen trug.

„Hey", rief er und rappelte sich wieder auf, hielt jetzt aber Abstand. „Ich möchte helfen."

„Ich brauche deine Hilfe nicht", erwiderte sie. „Hau einfach ab."

„Ich kenne sie. Wir müssen sie sofort hier wegbringen, sie verliert zu viel Blut", sagte er und zeigte auf das blutgetränkte graue Tuch.

Es stimmte. Die Zeit rannte ihnen davon.

„Dieser Stoff hier ist von mir", er zeigte auf die Flügelverbände. „Lass sie zu uns bringen, Babu kann ihr helfen."

Res Gedanken überstürzten sich, etwas wehrte sich rigoros gegen diesen Vorschlag, andererseits rannte ihr der sichere Tod durch die Finger.

„Komm, ich nehme den Oberkörper, du die Beine, wir müssen jetzt schnell machen", sagte der

Blaue und machte sich an die Arbeit. Re willigte stumm ein.

„Mist, das klappt nicht", ächzte Re, als sie die Beine anhob.

Unter allem Kraftaufwand und hektischem Flügelschlagen hoben sie Krasnaja zwar ein paar Zentimeter in die Luft, wurden aber von der Schwerkraft immer wieder nach unten gezogen.

„Ich bin nicht groß und stark genug", schnaufte Re, „wir schaffen das nicht."

Plötzlich nahm eine grüne Vogelfrau Anflug und umkreiste sie.

„Oh, wen haben wir denn da", rief sie und flog Schleifen um sie.

Re sah, wie der Blaue die Augen verdrehte.

„Das Vögelchen ist wohl aus dem Nest gefallen", krächzte die Grüne.

„Ari, hilf uns, sie hier wegzubringen", quetschte der Blaue zwischen den Zähnen hervor.

Ari lachte, landete aber und kam näher.

„Mit dir habe ich noch eine Rechnung offen", rief sie und boxte ihn spielerisch in die Seite.

Re ließ Krasnajas Beine los und ging zwischen sie.

„Was willst du, Grünschnabel?", Re stellte sich direkt vor sie, sie überragte Ari um einen halben Kopf.

„Oh, welch eine originelle Wortwahl. Spiel dich mal nicht so auf,", erwiderte sie, aber deutlich weniger frech.

„Wir müssen schnell…", sagte der Blaue und zeigte auf Krasnaja, tippte Re an die Schulter.

Sie schnellte herum und schubste ihn auf den Boden: „Fass mich nicht an!"

„Rabe, du bist ganz schön geladen. Euer Ruf eilt euch wirklich voraus", lenkte Ari ein.

Re merkte, wie das Adrenalin in ihren Adern pochte, sie hatte Mühe die neuen Gegner einzuschätzen und die richtige Entscheidung für Krasnaja zu treffen.

„Also, hier ist mein Angebot: Ihr gebt mir all eure Ausrüstung und Waffen, eure Kleidung dürft ihr behalten", Ari kicherte, „und ich helfe euch den Kadaver zu den Roten zu bringen, ihr Lager ist nah und ich muss mich nicht so anstrengen."

„Nein", unterbrach der Blaue sie sogleich. „Sie muss zu den Blauen."

„Glaubst du ernsthaft, ich flieg jetzt den ganzen Tag da hin, um mir dann die Bezahlung entgehen zu lassen?", sie zeigte auf seinen Bogen. „Und mir dann auch nochmal die Federn rupfen zu lassen?", den letzten Teil schrie sie ihm ins Gesicht.

Der Blaue verdrehte abermals die Augen und ging ein paar Meter weiter weg.

„Ich kann mich bei den Roten nicht blicken lassen, ich werde sofort gelyncht", warf Re ein.

Der Blaue seufzte und alle blickten betreten nach unten. Re dachte daran, wie mutig Krasnaja ihnen allen entgegengetreten war, auch wenn es ihr am Ende eher den Tod eingebracht hatte.

„Okay, wir versuchen es", sagte sie schließlich.

„Langsam", grinste Ari und war kurz davor Re anzutippen, überlegte es sich aber anders und zog die Hand zurück. „Zuerst mein Lohn", sie winkte mit dem Finger, „dann die Dienstleistung."

„Diebische Elster", zischte der Blaue und zog seine Umhängetasche und seinen Bogen aus.

Sie nahm alles von ihm und Re an sich.

Re ließ sie nicht aus den Augen, dafür hatte sie schon zu viele Geschichten über die Grünen gehört. Doch sie machte sich nicht aus dem Staub, sondern packte mit an und sie flogen mit der schweren Last los. Der Blaue gab die Richtung an.

„Also wenn ihr mich fragt, war das ein schlechter Tausch", plapperte Ari. „Naj ist schon längst hinüber und ihr hockt in Feindesland ohne Waffen", lachte sie lauthals.

Re lief es kalt den Rücken runter. Augenblicklich vermisste sie ihr verhasstes, aber gewohntes Zuhause, welches trotz allem eine gewisse Heimat war. Was würde sie bei den Roten, den Erzfeinden, erwarten? Folter, Tod und Verderben, wie es Krasnaja erfahren hatte?

Re wollte wissen, woher der Blaue Krasnaja kannte, aber Ari schwätzte permanent nutzloses Zeug vor sich hin, führte eigentlich die ganze Zeit Selbstgespräche, sodass Re einfach den Moment herbeisehnte, diese Labertasche los zu sein. Wer hätte gedacht, dass die Grünen so kommunikativ waren.

Nach etwa einer Stunde Flug kamen Jurten in Sicht.

„Für mich ist Schluss hier", verkündete Ari und ging in den Tiefflug.

Die anderen folgten ihr notgedrungen.

„Halt, wie sollen wir den Rest schaffen?", empörte sich der Blaue.

„Nicht mein Problem, versuch es mal mit Tragen", rief sie und ließ einfach los, sodass Krasnaja schnell absank und gerade noch so von den beiden anderen aufgefangen wurde.

„Frechheit", rief der Blaue ihr noch hinterher.

„Lebt sie noch?", fragte Re, während der Blaue Krasnaja in den Armen hielt.

Ihr Körper war nach wie vor absolut schlaff.

„Ich weiß es nicht", erwiderte er.

Re holte noch ein trockenes Tuch aus der Hosentasche und presste es wieder auf Krasnajas Kopfwunde. Sie liefen los.

Wie erwartet flogen ihnen sofort ein halbes Dutzend Vogelmenschen mit roten Federn entgegen. Re schluckte bei diesem Anblick. Das letzte Mal, als sie einen Roten gesehen hatte war bei einem ziemlich heftigen Kampf vor zwei Monaten. Wegen einer Grenzverletzung waren sie aufeinander losgegangen. Das Ergebnis waren drei Tote auf ihrer Seite und Dutzende Verletzte. Und jetzt kam sie hier an als Bittstellerin, das war doch ein Wahnsinn.

„Du kannst abhauen", sagte der Blaue und schaute zu ihr rüber, „jetzt würdest du es noch schaffen."

Re schüttelte den Kopf: „Ich kann nicht mehr zurück und wo soll ich sonst hin?"

„Okay", erwiderte der Blaue, „dann tu mir einen Gefallen, fang bitte keinen Streit mit denen an. Reagier nicht auf die Provokationen und sei froh und dankbar, wenn sie dir nicht den Kopf abschlagen."

Res Atmung beschleunigte sich. Das war einfacher gesagt als getan. Ihr Körper ging automatisch in den Kampfmodus. Sich zu verteidigen auf Leben und Tod hatte sie als Kind gelernt und als Jugendliche perfektioniert, sie kannte keine andere Art, um mit Konflikten umzugehen. Sich zu unterwerfen oder gar demütigen zu lassen, kam in ihrer Welt bisher nicht vor.

175

„Was fällt dir ein?", rief einer der Roten, nachdem die Gruppe ein paar Meter vor ihnen gelandet war und zeigte auf Re.

„Wir benötigen dringend medizinische Versorgung", ging der Blaue gleich dazwischen, „sonst stirbt sie."

Ein paar der Roten verzogen das Gesicht beim Anblick von Krasnaja. Dann warfen sie sich wortlose Blicke zu und teilten sich auf. Drei von ihnen nahmen sofort Krasnaja und stiegen mit dem Blauen in die Luft.

„Sie ist eine Abtrünnige, bringt sie nicht um", rief er noch, bevor sie wegflogen.

Re blieb an Ort und Stelle, die übrig gebliebenen Roten gingen vorsichtig auf sie zu.

57. Kapitel

„Wir müssen die Wunde vernähen", sagte einer der Roten, er wirkte dem flüchtigen Blick nach älter.

„Okay", erwiderte Jiri, „macht das."

„Du musst mithelfen, hier, halt ihren Kopf fest."

Krasnaja schrie auf.

„Versuch sie zu beruhigen und halt den Kopf richtig fest, sonst klappt es nicht. Ihr zwei, kümmert euch um die Arme und Beine."

„Ich kann das nicht", hörte sie Jiris verzweifelte Stimme. „Mir wird schlecht."

Dann wieder dieser stechende Schmerz, den sie nicht lokalisieren konnte. Krasnaja schrie erneut auf.

„Sie braucht eine Bluttransfusion", sagte der Rote während er an ihrem Kopf hantierte.

„Okay, okay", murmelte Jiri.

„Welche Farbe hat sie? Man kann hier ja gar nichts erkennen", fragte der Rote.

„Ich… ich weiß es nicht", stotterte Jiri.

Krasnaja wimmerte vor sich hin, versuchte sich aus der Fixierung herauszuwinden.

„Grau", sagte Jiri schließlich.

„Rot, ich bin rot", quetschte Krasnaja hervor.

„Nein", Jiri schüttelte den Kopf, „sie weiß nicht, was sie redet, sie wurde als Graue geboren."

„Auch das noch", brummte der Rote. „Mick, hol die junge Krähe, sie soll Blut spenden."

Krasnaja wollte etwas erwidern, aber dann verlor sie wieder das Bewusstsein.

Sie tauchte irgendwo hinab in eine Dunkelheit, tiefer und tiefer. Es war nur noch ein Gemurmel zu hören, manchmal war es auch nur ein Gluckern, ein Rauschen, dumpfes Klopfen und Rütteln. Und dann, nach einer Ewigkeit, wurden die Stimmen wieder deutlicher, schärfer. Vertraute Stimmen, fremde Stimmen. Und die überwältigenden Schmerzen kamen wieder. Ließen sie sich krümmen, ächzen, den Verstand verlieren.

„Ich weiß nicht, ob sie innere Verletzungen hat", hörte sie, „ich kann es wirklich nicht sagen. Wer hat sie so zugerichtet? Ach, ich kann es mir schon denken, die Handschrift ist unverkennbar. Wir mussten ihr den Urwald-Saft geben."

„Das war sehr großzügig, sie ist keine von euch", sagte Jiri.

„Es war keine leichte Entscheidung, wir haben fast nichts mehr davon."

„Wird sie wieder gesund?"

Krasnaja konnte die Antwort nicht hören, vielleicht war sie nonverbal.

„Was führt dich eigentlich hierher, so weit weg von der Heimat?"

Die Antwort ging bei Krasnaja in einem allgemeinen Strudel aus Schmerzen, Verfolgungswahn und Persönlichkeitsfragmentierung unter. Sie hatte

Probleme, oben und unten zuzuordnen, Körperteile zu lokalisieren, sah immer wieder die Gestalten der drei Frauen über sich, hatte Angst, dass der Schmerz sie mittendurch zerreißt. Ihr Unterleib, ihr Bauch, der Brustkorb und Kopf schienen aufzubrechen. Und dann legte sich immer wieder eine schlagartige Dunkelheit über alles.

Das nächste Mal, als sie aufwachte, fühlte sich ihr Mund ekelhaft trocken an. Mit verschwommenem Blick sah sie graue Schatten umherhuschen, als hätte die Welt alle Farben und Konturen verloren. Sie versuchte ihre Hände zu lokalisieren, aber es gelang ihr nicht. Mit Blinzeln hoffte sie Schärfe reinzubekommen.

„Wie geht es dir?", hörte sie eine vertraute Stimme neben sich.

Krasnaja bewegte ihre Lippen, doch kein Ton kam heraus. Atmete sie überhaupt? Es fühlte sich an, als wäre ihre Lunge non-existent.

„Ganz ruhig", sagte jemand wieder neben ihr, „es wird alles wieder gut."

Sie stellte sich vor, es wäre ihre Mutter, die sie in den Arm nahm, sie beschützte, sie pflegte, ihre Wunden versorgte, sie wusch und anzog, ihre Haare kämmte, ihre Flügel hinbog, ihr die Welt erklärte, ihr von der Vergangenheit erzählte, ihr ihren richtigen Namen verriet. Auf Fragen Antworten hatte, wenn auch nicht auf alle. Ihr Hinweise gab, wie sie den

179

zerfallenen Staat, der ihre Existenz war, wieder auf Kurs brachte. Manchmal lachte sie dabei und ihre roten Kopffedern fielen ihr ins Gesicht. Manchmal schaute sie besorgt und nachdenklich. Sie wählte ihre Worte mit Bedacht und konnte sich elaboriert ausdrücken. Aggressive oder gar gewalttätige Charakterzüge waren ihr fremd, sie war einfach nur klug, emphatisch und rücksichtsvoll. Krasnaja konnte sie genau vor sich sehen.

„Endlich habe ich dich gefunden", sagte sie.

„Sie ist aufgewacht", sagte jemand neben ihr.

Krasnaja öffnete die Augen, sah Jiri vor sich.

„Wo ist sie?", fragte sie und versuchte sich aufzurichten.

„Langsam", erwiderte Jiri.

Re kam und half ihr, sich vorsichtig aufzusetzen, legte ihr ein Kissen in den Rücken.

„Meine Mutter, sie war eben noch da, wo ist sie?", fragte Krasnaja und schaute sich um.

Sie befand sich in einem kleinen Zelt auf dem Boden, zugedeckt mit einer roten Decke aus glänzendem und festem Stoff. Jiri und Re saßen im Schneidersitz um sie herum, ein roter Vogelmann kam gerade herein.

„Hallo, ich bin Ben", sagte er und kniete sich hin, betrachtete die Wunde auf ihrem Kopf.

Krasnaja hob die Hand, um die Verletzung zu erfühlen.

„Nein", sagte er, „nicht berühren."

„Wo ist meine Mutter?", fragte sie erneut.

Jiri und Re warfen sich vielsagende Blicke zu.

„Das ist jetzt nicht wichtig", erwiderte Jiri, „du musst erstmal gesund werden."

„Sie war eben hier, ich habe mit ihr gesprochen", beharrte Krasnaja.

„Das ist nicht möglich", erwiderte Ben.

„Doch", rief Krasnaja und merkte, wie ihr Kopf vor Schmerz bebte.

„Hey", sagte Jiri und schaute ängstlich zu den anderen, „beruhige dich. Wir können noch später darüber sprechen, du bist gerade erst aufgewacht."

„Ich werde sie jetzt suchen", stammelte Krasnaja und schlug die Decke zurück.

„Nein", Ben drückte sie wieder sanft zurück, „deine Mutter ist nicht hier."

„Wo ist sie? Ist sie bereits gestorben?", fragte Krasnaja mit Tränen in den Augen. Sie verstärkten ihren Kopfschmerz um ein Vielfaches.

„Sie war keine Rote", sagte Re und biss sich auf die Lippe.

„Doch, sie muss eine Rote gewesen sein. Von meinem Vater habe ich die roten Federn ja wohl nicht", erwiderte Krasnaja empört.

Re schüttelte traurig den Kopf: „Du hattest wahrscheinlich nie rote Federn. Ich meine, ich weiß es nicht, ich kenne dich noch nicht so lange. Deine Mutter war eine Graue."

„Nein, das ist Quatsch", rief Krasnaja und tastete nach ihren Flügeln, die immer noch bandagiert waren. „Was redest du für einen Unsinn? Woher willst du das überhaupt wissen?", kreischte sie jetzt.

Das Schreien hatte einen heftigen Hustenanfall ausgelöst. Der Husten führte zu Wellen aus Schmerz, die ihren Körper überfluteten. Sie fing an zu wimmern, weinen, wand sich auf die Seite. Schnell atmend blieb sie dort liegen.

„Schluss jetzt", verkündete Ben, „sie braucht Ruhe, das Gespräch ist beendet."

„Nein", krächzte Krasnaja und griff nach Jiris Hand, zerrte ihn zu sich. „Sag mir jetzt auf der Stelle, was los ist", herrschte sie ihn an.

Ben verdrehte die Augen.

„Ich… ich…", stammelte Jiri verwirrt.

„Wie konntest du das nicht sehen?", schrie Re plötzlich und sprang auf. Sie war so groß, dass sie mit ihrem Kopf die Zeltwand berührte. „Bist du blind, bist du dumm? Du bist ihr wie aus dem Gesicht geschnitten, jeder konnte es sehen, alle wussten es, sogar die Blauen und Roten und Grünen, jeder der sie schon einmal gesehen hatte, ihr seid quasi wie Zwillinge!"

Krasnaja ließ Jiri los und richtete sich wieder auf.

„Wer… was…", murmelte sie.

„Krow war deine Mutter", presste Re zwischen den Zähnen hervor.

„Krow… was… nein…", flüsterte Krasnaja.

58. Kapitel

Sie fühlte sich müde, abgekämpft, zerfallen, gescheitert. Sie wusste nicht, was stimmte und was nicht, wem sie trauen konnte. Warum hatte ihr niemand die Wahrheit gesagt und was war die Wahrheit überhaupt. Gedanklich hatte sie keine Kapazitäten, mit diesen neuen Informationen zurecht zu kommen, finstere Dämonen suchten sie tags und nachts heim, um sie immer wieder mit Bruchstücken der Attacke zu quälen, die sie gerade so überlebt hatte.

Das alles vermischte sich zu einer unheilvollen Melange. Krasnaja kam immer mehr zu dem Schluss, dass der hinterhältige Angriff eine gerechte Bestrafung dafür war, dass sie Krow in den Tod gestürzt hatte. Das Tribunal hatte schon damals getagt und war zu dem Urteil gekommen, dass sie menschlicher Müll war, daran konnte sie sich gut erinnern. Und diese drei Todesengel waren die Exekutive, sie waren geschickt worden, um sie und ihren Körper und ihre Seele kaputt zu machen. Und sie hatten ihre Aufgabe sehr ernst genommen, sie sehr gewissenhaft ausgeführt. Auf diese Weise ergab alles Sinn, es fügte sich alles. Dieser Gedanke beruhigte Krasnaja geradezu.

Das einzige, was nicht passte, war, dass sie überlebt hatte. Warum? Vielleicht, weil der Tod viel zu gnädig gewesen wäre. Ein lebenslanges Leiden, was garantiert war, wenn man menschlicher Abfall war, wäre eine größere Strafe. Und weil der Richter, der ihr diese Strafe auferlegt hatte, wusste, dass sie zu willensschwach war, um sich selbst ein Ende zu bereiten, war die ausgewählte Sanktion genau die Richtige für sie.

Auf diese Weise erging Krasnaja sich stunden- und tagelang in Berechnungen, Abwägungen und Schlussfolgerungen, die nur in ihrem Kopf Sinn machten und die sie keinem anderen auch nur ansatzweise verständlich machen konnte. Auf absurde Weise fand sie irgendeinen Trost darin, konnte die Ereignisse halbwegs einordnen, ihnen die Kontingenz und Willkürlichkeit nehmen, Lebenssinn generieren. Das einzige Problem war nur, dass sie sich damit komplett von der Außenwelt abschottete und nicht mehr anschlussfähig war.

„Sie hat seit zwei Wochen nicht mehr mit mir gesprochen", hörte Krasnaja am anderen Ende des Tipis Re flüstern, „was machen wir mit ihr?"

„Sie steht unter Schock, wir sollten ihr noch Zeit geben", erwiderte Jiri.

„Wir können nicht ewig hier bleiben", bemerkte Re und Jiri nickte.

„In diesem Zustand ist sie nicht transportfähig und ihre Flügel sind auch noch nicht verheilt, falls das überhaupt klappt", fügte er an.

In diesem Moment kam Ben rein.

„Wir müssen heute einige Fäden ziehen", verkündete er mit seiner tiefen Stimme und zog Pinzette und Schere aus der Hosentasche.

Dann wandte er sich Krasnaja zu: „Keine Angst, es wird kaum weh tun", er setzte sich neben sie. „Wie geht es dir heute?"

Krasnaja schaute nicht auf. Jiri und Re kamen rüber und setzten sich auf die andere Seite des Lagers. Dadurch stieg eine sublime Unruhe in ihr auf. Sie fühlte sich plötzlich umzingelt und zog ihre Beine ganz eng an sich heran, umschlang sie mit den Händen und legte den Kopf darauf.

„Vielleicht erstmal die kleinen Nähte an Armen und Beinen. Danach die große am Kopf und…", Ben schluckte, „die am Unterleib."

Krasnaja umklammerte sich noch fester. Ben und Jiri warfen sich Blicke zu. Vorsichtig streckte Ben die Hand aus.

„Ganz ruhig", wisperte er, „ich tue dir nichts. Die Fäden müssen heute raus, sonst entzünden sie sich noch, wachsen ein. Du wirst selbst bemerkt haben, dass sie anfangen zu zwicken."

Jiri rückte nahe an Krasnaja, legte seine Hand auf ihren Ärmel.

Krasnaja sprang auf, rannte, stolperte über die Bettdecke quer durch die Jurte.

„Keiner fasst mich mehr an", rief sie atemlos.

Schweißtropfen standen auf ihrer Stirn. Sie richtete sich auf, ihre Beine waren kraftlos und wackelig. Sie musste sich nach vorne beugen, weil ihr schwarz vor Augen wurde. Jiri ging auf sie zu, um sie zu stützen, doch sie winkte gleich ab.

„Niemand… niemand berührt mich, okay?", schnaufte sie. „Gib mir die Schere… und einen Spiegel, wenn das geht."

„Okay", sagte Ben und legte die Instrumente auf den Boden. Stand auf, um raus zu gehen. Ein paar Minuten später kam er wieder mit einer kleinen Spiegelscherbe und legte sie daneben.

„Könntet ihr mich allein lassen", sagte Krasnaja und die drei gingen anstandslos raus.

Sie setzte sich wieder auf ihren Schlafplatz. Ihre Hände zitterten. Sie war noch nicht bereit. Noch nicht bereit, sich mit ihrem versehrten Körper zu konfrontieren. Dass er existierte hatte sie ganz weit von sich weggeschoben. Sie wollte nicht seine Wunden sehen, seine abstoßenden Verletzungen. Sie wollte sich nicht mit den Spuren, den Tatsachen befassen von dem, was passiert war. Der Anblick einer länglichen Schnittwunde auf ihrem Oberschenkel katapultierte die augenblicklich in das Feld mit den Büschen. Die brennende Sonne. Nein, sie wollte die Bilder nicht zulassen, die Wunden nicht nochmals aufreißen.

Krasnaja nahm die kleine Schere und die Pinzette, konzentrierte sich auf die Gegenwart. Begann vorsichtig an einer Stelle den Faden durchzuschneiden und herauszuziehen.

Ratsch. Die Nägel der grauen Frauen waren rasiermesserscharf. Ihr Lachen, ihre Begeisterung, ihre Befriedigung dröhnten in Krasnajas Ohren. Sie schüttelte sich. Tränen liefen ihr über das Gesicht und sie wischte sie schnell mit dem Ärmel weg.

Die Fäden an einem weiteren Schnitt am Oberarm waren schnell entfernt. Krasnaja atmete ein paar Mal tief durch, dann zog sie das gewandartige Oberteil aus und schaute an sich herunter. Letzte Spuren von Quetschungen und blauen Flecken. Tief eingegrabene Bisswunden an empfindlichen Stellen.

„Gefällt dir das? Macht dich das an?", wieder die schrille Stimme einer ihrer Peiniger.

Krasnaja blinzelte heftig mit den Augen, um die Bilder loszuwerden. Eine Welle von Scham überrollte sie. Sie war doch schuld an diesem Unglück. Wäre sie von Anfang an in die richtige Richtung geflogen, hätte sie bloß Krow nicht umgebracht, wäre sie doch danach einfach abgehauen, dann wäre das alles nicht passiert. Sie, die sich ihr Leben lang von allen Blicken versteckt hatte, so entblößt und wehrlos ausgeliefert. Ein starker Schüttelfrost überfiel sie, sie ließ die Schere fallen und beugte sich nach vorne.

Bring es zu Ende, dann ist es vorbei, sagte sie sich und richtete sich wieder auf. Sie nahm die Spiegelscherbe und schaute hinein. Vergeblich suchte sie nach ihrem Gesicht, konnte es aber nicht finden. Wer oder was blickte ihr da bloß entgegen. Krasnaja legte den Spiegel beiseite und schloss kurz die Augen. Nahm ihn wieder auf und schaute nochmals hinein.

Ihre Augenfarbe hatte sich geändert. Die rechte Pupille war halb rot, halb grau, die linke halb blau und halb weiß. Verstörend. Eigentlich sah es nicht mehr menschlich aus. Abartig. Krasnaja betrachtete den Rest ihres Gesichtes. Augenbrauen und Reste von Schuppen waren ebenfalls ein wilder Farbenmix. Ihr Hals war immer noch voller Würgemale, die noch nicht verheilt waren.

„Zieh den Gürtel fester, ich will sie sterben sehen", knallte es wieder durch ihren Kopf und Krasnaja bekam keine Luft.

Wut ergriff sie zum ersten Mal. Was sollte diese sadistische Folter? Doch die Wut verflüchtigte sich schnell wieder. Sie schaute im Spiegel auf den Haaransatz. Ohnmacht überrollte sie stattdessen. Gleich darauf überkam sie die Angst, dass eigentlich alle Menschen abgrundtief böse waren und sie nirgends sicher war. Wenn schon ihre eigene Mutter sie ohne mit der Wimper zu zucken töten wollte. Sie musste gesehen haben, dass Krasnaja ihre Tochter war. Es gab keinen echten Schutz, keine Geborgenheit, nur die Illusion dessen.

Es war viel schwerer die Fäden am Kopf zu ziehen, da die Haut dort sehr straff gespannt war. Krasnaja musste die Spiegelscherbe zwischen den Knien einklemmen und beide Hände zur Hilfe nehmen, um es halbwegs hinzubekommen. Als sie endlich fertig war, fuhr sie sich kurz durch die Haare. Sie waren lang geworden und hatten ebenfalls ihre Farbe geändert, Strähnen mit Blau, Rot und Violett durchzogen das Graue.

Jetzt kam das Schwierigste. Krasnaja zog ihre Hose aus. Sofort kam sie sich so angreifbar und verletzlich vor. Eine Aversion gegen ihren eigenen Körper baute sich auf. Er war schuld daran, dass sie so ein leichtes Ziel gewesen war. So viele Membranen waren gerissen. Er hatte sich gegen das Eindringen nicht wehren können, hatte seine Existenzberechtigung irgendwie verloren.

Krasnaja tastete nach den Nähten. Sie waren wie auch an anderen Stellen noch wulstig und deutlich am Verheilen. Sie hatte Mühe den Spiegel entsprechend zu positionieren, es brauchte mehrere Anläufe. Sie löste die letzten Fäden mit zitternden Fingern und war erleichtert, sich wieder anziehen zu können. Dann stand sie auf und lief etwas umher. Ihr Körper fühlte sich erstaunlich okay an. Es war ein gutes Gefühl nicht mehr das ständige Zwicken der

Nähte zu spüren und die schwierige Aufgabe abge-
schlossen zu haben. Schließlich rollte sie noch die
Verbände von ihren Flügeln, die Federn da drunter
waren ordentlich geschreddert, fühlten sich aber
ebenfalls okay an. Sie verließ den Raum.

59. Kapitel

Draußen war niemand. Ein feiner Nieselregen kam runter. Krasnaja fühlte sich noch etwas wackelig auf den Beinen. Sie blickte auf ihre Füße. Dort hatte sie rote Filzschuhe an. Sie waren sehr weich und angenehm beim Laufen.

Die Landschaft vor ihr sah im Grunde genommen genauso aus wie überall in der Vogelwelt: Baumkronen, Büsche und dazwischen eine karge Ebene. Nur hier wurde sie zusätzlich noch von den spitzen Zelten unterbrochen, die mal einzeln, mal in Gruppen, manche recht groß, andere winzig klein, aufragten. Die Zelthülle war aus einem sehr festen Mischgewebe gefertigt, natürlich in dunkelroter Farbe.

Sie lief in irgendeine Richtung, ohne Ziel. Es war angenehm, wieder unterwegs zu sein, Krasnaja hatte das Gefühl alles zum ersten Mal zu erleben: die frische Luft atmen, den Wind und Regen auf ihrer Haut spüren, den unebenen Boden unter sich betreten. Aus dem Augenwinkel registrierte sie eine Bewegung und drehte sich abrupt um. Doch es waren nur die Zweige eines Baumes, die sich plötzlich geneigt hatten. Stocksteif stand Krasnaja da und musste erstmal die ganze Todesangst ausatmen.

Mit kleinen Schritten lief sie weiter und wunderte sich, dass niemand zu sehen war. Der Himmel war staubgrau, also war es schwer zu sagen, welche Tageszeit sie gerade hatten. Sie kam an ein paar größeren Baumkronen vorbei, in den Zelten drum herum war es still. Ihre Ausdauer war nun an einem Endpunkt, sodass sie zu einem nahegelegenen Baum schlich und sich dort anlehnte. Sie fühlte sich wie ein weißes Blatt Papier, trotz der ganzen Farbe leer, farblos, bedeutungslos. Vielleicht noch als Schmierzettel zu gebrauchen. Für eine Einkaufsliste, keine To-Do-Liste, soviel war klar.

Plötzlich hörte sie ein unterschwelliges Flüstern und Rascheln. Sie drehte den Kopf, um das Geräusch zu lokalisieren. Es schien von überall und nirgends herzukommen, war vielleicht nur Einbildung. In der Nähe, hinter der riesigen Baumkrone, stand ein größeres Zelt und Krasnaja lief dort hin. Das Flüstern wurde stärker. Sie schlich sich zu dem Eingang, der mit im Wind flatternden roten Stoffstreifen verdeckt war. Ja, von da drinnen kamen die Geräusche. Vorsichtig schob Krasnaja die Fransen beiseite und steckte den Kopf hinein. Das Flüstern verebbte schlagartig.

Krasnaja blickte in eine Runde von geschätzt fünfzehn Personen, die auf dem Boden saßen. Überall waren lose Buchseiten verstreut, es wurde geraucht und getrunken. Und alle Blicke waren auf sie gerichtet. Einer deutete ihr mit einem Winken, hereinzukommen. Sie folgte der Einladung und das

Gemurmel und Geraschel setzte sich fort, als wäre nichts gewesen. Es war ein angenehmes Hintergrundrauschen, das eine behagliche Atmosphäre erzeugte.

Sie setzte sich einfach irgendwo hin. Es war angenehm, dass niemand besondere Notiz von ihr nahm. Sie war ein Blatt, das beiläufig hereingeweht worden war. Sie hob einen der Zettel auf, die auf dem Boden herumlagen. Es handelte sich um einen Auszug aus Karl-Gustav Wolkebarths Werk „Die Philosophie der Fragilität". Krasnaja las die Seite sorgfältig durch, sie hatte früher schon etwas von ihm gefunden und es mit Begeisterung aufgenommen.

Jemand drückte ihr einen Becher mit warmem Tee in die Hand und ein süßlicher Duft breitete sich vor ihrer Nase aus. Tee trinken und in losen Blättern schmökern, das hatte sie schon als Heranwachsende gerne gemacht. Es konnte doch nicht sein, dass sie nicht von den Roten abstammte. Sie suchte die Gesichter der Anwesenden danach ab, ob es jemanden gab, der ihr ähnlich sah. Wie schön wäre es gewesen, wenn sie jetzt und hier ihre Mutter gefunden hätte. Beklommen und traurig blickte Krasnaja wieder nach unten.

Sie nahm einen Schluck von dem Tee, es war eine Wohltat. Eine Seite aus einem fremdsprachigen Roman des 20. Jahrhunderts wurde an sie

194

weitergereicht und sie versank in der melancholischen Beschreibung der dortigen Charaktere.

„Du kennst diese Sprache?", fragte ein Mann mittleren Alters neben ihr.

„Ja, sie ist entfernt verwandt mit meiner Muttersprache, allerdings hat mein Vater sie mir beigebracht", Krasnaja lachte kurz auf. „Wir haben eigentlich nichts mit den Leuten, die sie früher gesprochen haben zu tun, wir sind keine direkten Nachkommen."

„Beeindruckend. Wir konnten es bisher nicht entziffern. Hier, schau dir das mal an", sagte er und reichte eine großformatige Buchseite.

Sie war nicht mit Text beschrieben, sondern mit kartographischen Zeichnungen der Erde versehen. Das Papier war unglaublich fest und die Farben sehr prägnant. Es passierte nicht oft, dass man so etwas fand.

„Damals waren die Kontinente noch anders zusammengesetzt", sagte Krasnaja beim Betrachten der Seite, „schau mal wie riesenhaft dieser Teil der Erde noch war bevor er in einzelne Segmente auseinandergebrochen ist. Wir haben Glück, in unserer Nähe ist die Bücherstadt, diese niemals versiegende Wissensquelle menschlicher Zivilisation."

„Warst du schon mal dort?", fragte ihr Nachbar und Krasnaja spürte, dass die anderen Gespräche kurz innehielten.

„Nein", sie schmunzelte, „man sagt bei uns, dass man verrückt wird, wenn man dort hin geht", sie machte eine Pause, „was bei mir so viel heißt, dass sich für mich nichts ändern würde", fügte sie mehr zu sich selbst an.

„Ich möchte unbedingt dort hinfliegen", sagte eine Frau auf der anderen Seite der Runde. Sie nahm einen tiefen Zug aus einer selbstgedrehten Zigarette. „Ich spüre, wie es mich dort hinzieht."

Krasnaja nickte. „Viele verspüren eine unwiderstehliche Anziehungskraft gegenüber der Bücherstadt. Bei manchen ist es wie eine Stimme, die die ruft, sie lockt entgegen der Vernunft. Ich wäre vorsichtig damit, dem einfach nachzugeben. Die meisten von uns können diese große Menge an Wissen, die dort existieren, vermutlich nicht händeln, Wahnsinn ist die Folge."

Das allgemeine Gemurmel setzte wieder ein.

„Nimm dir bitte", sagte eine Frau, die ihr gegenüber saß und reichte ihr eine Schale mit ovalen roten Beeren. Krasnaja probierte sie, sie schmeckten wie Moosbeeren, etwas sauer.

„Die Krähen haben dich übel zugerichtet. Ich hasse diese dämlichen Kampfmaschinen", fügte ihre Nachbarin hinzu.

Krasnaja nickte stumm und atmete tief durch. Sie wusste nicht, was sie darauf erwidern sollte.

„Ich war ziemlich dumm", sagte sie schließlich, „ich habe die Brutalität komplett unterschätzt... ich dachte, ich könnte... ich könnte sie überzeugen, dass..."

Sie brach ab, ihr fehlten irgendwie die Worte. Die Hände, die die Tasse hielten fingen an zu zittern. Krasnaja stellte den Becher ab. Ein plötzlicher stechender Schmerz durchzog blitzartig ihren Kopf. Sie griff sich an die Kopfnarbe. Ihre Angreiferinnen, sie waren wie in einem Rausch. Egal wie sehr Krasnaja schrie und sich wehrte, für die drei Frauen war es wie ein Festgelage, von dem sie nicht genug bekommen konnten.

Jemand tippte Krasnaja auf die Schulter.

„Was?", sie schüttelte kurz die Vergangenheit ab.

„Ich meine nur", sagte die Frau ihr gegenüber, „ich glaube nicht, dass du dumm bist..."

„Doch", unterbrach Krasnaja sie vehement, „du kennst mich nicht. Aber wie auch immer", sie wollte schnell das Thema wechseln, „im Gegensatz zu mir wohnen hier oben die ganzen klugen Köpfe", sie zeigte auf die Landkarte, auch wenn es nicht die richtige, aktuelle, Karte war.

„Die Schreiber", sagte einer aus der Runde, „sie sind alle hochbegabt und produzieren die Texte für die Kontinente, egal was, Anleitungen, Software-Programmierungen, Sachbücher, sie schreiben im Prinzip die ganze Welt."

„Ich hätte keine Lust auf ein solches Leben", erklärte ein jüngerer Mann, „das wäre mir zu verkopft, zu theoretisch, zu abgehoben. Sie verpassen das ganze Leben."

„Dann vielleicht der Urwald, die Produktion", sagte Krasnaja.

Plötzlich musste sie an De denken, der vorhatte, dort hinzugehen. Hoffentlich tat er es nicht und wartete, bis sie zurück war. Was das auch immer ändern würde. Sie wollte nicht, dass er defragmentierte.

„Oder die Weltraumfahrer, sie erleben die größten Abenteuer", fuhr Krasnaja fort. „Aber warum ich eigentlich hier bin, vielleicht habt ihr schon davon gehört, unser Kontinent ist in Gefahr. Austrocknung, Versteppung, Artensterben und so weiter."

Ein paar der Hintergrundgeräusche wurden leiser.

„Wie man es dreht oder wendet, es wäre das einzig Logische, die Vogelmenschen umzusiedeln, den Vogelwald einzustampfen und hier wieder die normale Natur gedeihen zu lassen. Ich kann euch dabei helfen. Und ihr dürft mir jetzt den Kopf dafür abreißen", erklärte Krasnaja.

Es wurde noch stiller.

„Ich denke, ich spreche für uns alle", sagte ein junger Mann etwas weiter weg, der nervös dreiblickte, „dass wir das sehr begrüßen, wir sind dabei."

Krasnaja verschluckte sich heftig an ihrem Tee und begann zu husten.

„Was?", quetschte sie hervor, als sie ihre Fassung wiedererlangte.

„Ja, wir haben das Leben hier oben satt", ergänzte die Frau ihr gegenüber, „ständig diese sinnlosen Revierkämpfe, abgeschnitten von der Welt, auf Stützen, die uns in den nächsten Jahren wegbrechen werden. Wir wollen weg."

Kein Wunder, dass die immer mit den Grauen kämpfen, dachte Krasnaja, die können ja grundverschiedener nicht sein. Sie erklärte noch einmal kurz, wie das neue Leben in der Stadt gestaltet sein konnte, aber gedanklich war sie wieder ganz weggeschweift von dem Thema.

Komisch, jetzt wo sie einen Erfolg auf ihrer Reise verbuchen konnte, der auch so absolut unerwartet daherkam, konnte sie sich überhaupt nicht darüber freuen. Solche Dinge wie die Umsiedlung hatten an Relevanz eingebüßt, sie waren so weit weg von ihr.

„Wenn ihr es wirklich ernst meint, wäre es am besten, wenn ein Vertreter von euch mit mir mitkäme. Ein Verhandlungspartner, mit dem wir Details besprechen können", erklärte Krasnaja, die anderen Gedanken verdrängend.

Ein zustimmendes Gemurmel erklang, es begann eine Diskussion über Namen und Personen. Krasnaja aber dachte an diese merkwürdige Stadt, die wahrscheinlich ihr Zuhause war, auch wenn es sich jetzt nicht so anfühlte. Sie kam sich momentan weniger wie ein Stadtbewohner und mehr wie ein Gesteinsbrocken vor, der seit Millionen von Jahren in einer Umlaufbahn kreiste, einsam und innerlich leblos, der Kälte des Universums schutzlos ausgeliefert.

Jemand tippte sie an und sie zuckte sofort zusammen.

„Sorry", sagte der Vogelmann neben ihr, „ich wollte nur wissen, wie weit es von hier aus ist."

Krasnaja musste sich sammeln und stammelte Unverständliches. Sie konnte im Moment Zeitangaben nicht präzise mit ihrem Gehirn erfassen.

„Es ist nicht weit, nein, ich möchte, dass es schnell los geht...", erklärte sie, „... es wird euch gefallen, wirklich, wir haben es nett zusammen... Es gibt auch einen kleinen Krieg, aber da seid ihr nicht involviert... Die Sprache, ja, wir sprechen eine andere Sprache, ist das okay?", sie schaute beschwichtigend in die Runde.

Ein paar der Leute wirkten verunsichert.

„Aber ihr müsst unser Archiv für lose Blätter sehen, es ist gigantisch", fügte Krasnaja hinzu und die Gesichter hellten sich wieder auf. „Ich kann es kaum erwarten, dass ihr euch ansiedelt", Krasnaja versuchte sowas wie ein Lächeln aufzusetzen.

Zahlreiche Gesichter lächelten zurück.

Krasnaja merkte, dass ihr Körper nachgab. Das aufrechte Sitzen und Reden, es hatte sie erschöpft. Dumpfe Schmerzen meldeten sich aus ihrer Körpermitte und dem Kopf. Es war Zeit für eine Pause.

60. Kapitel

„Es ist noch zu früh", sagte Re und Krasnaja betrachtete ihre jungen und gewitzten Gesichtszüge.

Krasnaja glaubte schon ihr Leben lang hören zu müssen, dass sie noch nicht bereit sei, etwas zu tun. Dass sie noch nicht auf eigenen Beinen stehen, dass sie sich nicht selbst versorgen, noch nicht fliegen, laufen, atmen könnte.

„Was wird aus dir?", fragte Krasnaja und zwirbelte ein Blatt, welches sie von dem Baum gepflückt hatte, an dem sie saßen, zwischen den Fingern.

„Ich kann nicht zurück", erwiderte Re und strich sich durch die Kopffedern.

„Du könntest zu den Blauen gehen, ich glaube, da passt du ganz gut rein", schlug Krasnaja vor.

In der Ferne sah sie, wie Jiri mit zwei Roten angeflogen kam und landete, sie liefen umher und unterhielten sich. Krasnaja hatte das starke Bedürfnis, zu ihm hinzugehen und mit ihm zu sprechen, aber sie wusste nicht wie. Sie hatten, seit sie hier angekommen waren nicht miteinander gesprochen, jedenfalls nicht auf normale Weise.

Re schüttelte den Kopf: „Ich wäre immer fremd dort. Ich will stattdessen in diese Stadt, von der du erzählt hast, ich will einen Neuanfang."

„Ich kann dort nicht die ganze Zeit auf dich aufpassen. Du musst dich größtenteils allein durchschlagen", sagte Krasnaja und beobachtete, wie Jiri und die beiden anderen anscheinend fachsimpelten, in einen intensiven Austausch vertieft waren. Mit seinen schmalen Armen zeigte er mal in die eine, mal in die andere Richtung, setzte leicht wie eine Feder und elegant wie ein Kolibri zu einem kurzen Flug an und landete dann wieder auf den Beinen.

„Das ist okay", erwiderte Re und begann routiniert ihre Flugfedern von kleinen Schmutzpartikeln zu säubern. Diese Handgriffe musste Krasnaja noch lernen. Wenn mal ihre Flügel für zwei Wochen am Stück funktionsfähig waren.

„Hauptsache, dort muss man nicht die ganze Zeit kämpfen, ich bin so müde davon", fügte Re noch hinzu.

„Man muss immer kämpfen, aber in der Stadt ist es eine andere Art, ich finde es dort besser als zehn Meter in die Tiefe gestürzt oder misshandelt zu werden, viel besser. Aber es ist kein Paradies, das musst du wissen", sagte Krasnaja.

Warum war es nur so viel einfacher mit Re zu sprechen als mit Jiri, fragte sich Krasnaja. Sie überlegte aufzustehen und zu ihm hinzugehen. Doch es war gerade kein guter Moment, sie wollte ihn nicht überrumpeln. Vielleicht, weil sie einen intensiveren Kontakt zueinander hatten, jedenfalls als sie noch bei den Blauen war. Es war schwer, an diese Zeit anzuknüpfen, jetzt, da sich so viel verändert hatte.

Vielleicht war die Verbindung zwischen ihnen gerissen, diese Vorstellung versetzte ihr einen Stich im Brustkorb. Jiri und die anderen verschwanden aus ihrem Blickfeld. Krasnaja zerkleinerte das Blatt in ihren Händen in viele Schnipsel.

„Meine Mutter…", sagte Krasnaja schließlich, „war sie immer schon so… wahnsinnig… brutal… unbarmherzig?"

Re räusperte sich. „Nee. Ich meine, ich kannte sie zwar auch nicht anders, das alles war vor meiner Zeit. Aber ich habe gehört, dass sie zunächst unauffällig normal war. Doch nach ihrem zweiwöchigen Zwischenstopp auf dem Waldboden… Sie hatte sich radikal gewandelt, hatte sich zuerst übermäßig zurückgezogen, wirkte traurig und zerrissen. Und dann kam sie zurück, verändert. Sie kämpfte sich hoch, wurde die Anführerin der Gruppe. Sie war stark und unbezwingbar. Sie hasste am meisten Hybride, sie tötete sie gleich. Ich denke, jetzt nach ihrem Tod wird ein großes Machtvakuum entstehen, ihre Position kann nicht einfach so wiederbesetzt werden."

Krasnaja hörte aufmerksam zu und nickte, obwohl sie nicht alles verstand. Ihre Mutter war in einen inneren Konflikt geraten und wusste nicht anders damit umzugehen als auszuteilen, ihrer Aggression freien Lauf zu lassen.

„Hat sie nie mich oder meinen Vater erwähnt?", fragte Krasnaja.

Re schüttelte den Kopf. „Nein, sie hat nie über die zwei Wochen gesprochen. Ich vermute, dass Lana eingeweiht war, irgendwie. Sie standen sich sehr nahe. Es muss ein Schock für beide gewesen sein, als du aufgetaucht bist."

Krasnaja wurde erneut überrollt von dem Schmerz, dass sie ihre Mutter nie mehr etwas fragen konnte. Sie war für immer weg. Krasnaja sprang auf und lief auf und ab.

„Wie ist es bei dir? Hast du deine Eltern gekannt?", fragte sie.

Re wurde sichtlich unruhig. „Wie du weißt haben wir keine Elternbeziehungen", sie zupfte an den Flugfedern. „Man hat mir oft eine Ähnlichkeit mit Krow nachgesagt, so rein optisch. Meinen Vater kannte ich nicht."

Krasnaja riss die Augen auf. „Das… wäre ist unglaublich. Ich… ich weiß gar nicht… Eine Halbschwester?"

„Bei uns hat die Schwesternbeziehung natürlich auch keine Bedeutung", erwiderte Re.

Krasnaja nickte. „Ja, du hast recht… natürlich… Aber für mich hat das schon eine Bedeutung, ich weiß nur noch nicht, welche. Trotz allem, ich bleibe dabei. Ich fliege morgen los."

Ihr ganzer Körper fing mit einem Mal an zu jucken, als würden tausend Ameisen drüber krabbeln. Gleichzeitig spürte sie die Krallen der Krähen auf sich.

„Ihre Hände…", stammelte sie.

„Was meinst du?", Re stand jetzt auch auf.

„Ich meine", Krasnaja atmete tief durch, „kennst du den Weg, den wir nehmen müssen, um einen möglichst großen Bogen um die Grauen zu machen?"

„Ich denke, wir bekommen das hin."

„Prima", Krasnaja atmete auf. „Weißt du, wo Jiri hin ist? Ich wollte mich noch von ihm verabschieden."

„Er wollte heute schon los. Dringende Angelegenheiten meinte er heute morgen."

„Nein, ich habe ihn doch gerade noch gesehen", rief Krasnaja.

Re zuckte mit den Schultern.

Sie gingen auseinander. Krasnaja lief noch länger orientierungslos herum. Nach dieser langen Zeit hier oben sehnte sie sich danach in einem Raum zu sein, in dem sie einfach die Tür hinter sich zu machen konnte. Komisch, die Vogelmenschen hielten anscheinend nichts von Türen, waren aber andererseits extrem distanziert und kühl. Man sah nie, wie sie sich berührten, außer um miteinander zu kämpfen, man sah nie, wie sie sich direkt in die Augen schauten oder nah beieinander standen. Sie waren seltsam wenig aufeinander bezogen und lebten doch so eng zusammen. Oder es kam ihr nur so vor, sie war ganz sicher nicht in die letzten Details der Vogelmenschen-Welt vorgedrungen.

„Was machst du hier?", hörte sie eine bekannte Stimme hinter sich.

Krasnaja drehte sich um, sie erkannte gleich die breite Statur von Ben.

„Ich drehe noch eine letzte Runde", erklärte Krasnaja unbestimmt und ging ein paar Schritte auf ihn zu.

„Du willst wirklich morgen schon fliegen", bemerkte er und sie liefen zusammen ein paar Meter zu einer Baumkrone, deren Blätter im Wind leise raschelten. Es begann bereits zu dämmern.

„Danke, dass du mich zusammengeflickt hast", überging Krasnaja seine Bemerkung und ließ ihre Hand durch die weichen Blätter gleiten.

„Ich habe da leider schon Erfahrung mit. Ohne den Waldtrank hätte es auch nicht geklappt. Da musst du den guten Geistern auf dem anderen Kontinent danken", erwiderte er.

„Du hast recht, aber es war so gut wie der letzte aus eurem Vorrat, wie kann ich mich nur je dafür revanchieren."

„Schon okay. Ich hoffe einfach, dass unser Leben hier mit den Kämpfen, dass das alles bald der

Vergangenheit angehört. Ich will mal was anderes machen. Aquarellbilder malen oder so, verstehst du?", er lachte tief und herzlich.

Ein anderer landete dicht neben ihnen, Krasnaja erkannte ihn aus der Gesprächsrunde von vorhin. Er war jünger und hatte eine spitze Nase. Sie setzten sich alle auf den Boden neben den Baum.

„Kannst du auch Seelen zusammennähen?", fragte Krasnaja Ben.

„Solange jemand noch ein Verständnis davon hat, dass seine Seele zerbrochen ist, kann der Schaden nicht so gravierend sein", antwortete er und betonte jedes Wort sehr sorgfältig.

„Hm", darüber musste sie erstmal nachdenken.

Der andere zündete sich eine Zigarette an und fing an zu rauchen.

„Aber wie fügt man die Teile wieder zusammen?", hakte Krasnaja nach.

„Wenn man Hautteile, Muskeln oder Knochen wieder zusammenbringen will, sollte man dafür sorgen, dass sie möglichst nah beieinander sind und während des Heilungsprozesses durch nichts mehr auseinandergebracht werden. Den Rest muss der Körper, das Leben erledigen", erklärte Ben.

Der andere reichte Krasnaja seine Zigarette und sie betrachtete fasziniert die kleine Glut an der Spitze. Sie nahm ein paar Züge. Der Rauch schmeckte süß und verströmte eine beruhigende Wirkung in ihrem Körper.

„Du musst die zerfallenen und abgetrennten Teile deiner Seele näher zusammenbringen und sie solange miteinander konfrontieren, bis sie Verbindungen bilden und zusammenwachsen, auch wenn das neue Gebilde vielleicht ganz anders aussieht als vorher", fügte Ben noch hinzu.

Krasnaja nahm noch ein paar Züge und ließ die Worte in ihrem Kopf widerhallen. Ein paar andere Leute kamen in ihre Runde und fingen an zu trinken, rauchen und plaudern. Es entstand wieder dieses Gemurmel, das anscheinend charakteristisch für diese Gruppe war.

„Meine Teile driften immer so schnell auseinander, ich schaffe es nicht, sie zusammenwachsen zu lassen", sagte Krasnaja und nahm einen Schluck aus einem Becher.

„Alle deine Teile sind in einem Organismus beheimatet, also müssen sie irgendeine Art von Gemeinsamkeit haben, die sie verbindet. Wie eine gemeinsame Sprache oder die Luft die sie atmen. Also besteht theoretisch die Möglichkeit, dass sie sich zu einer Entität zusammenfinden", erläuterte Ben weiter.

Krasnaja lehnte sich zurück und dachte nach. Diese Sichtweise gab ihr zum ersten Mal seit langem Hoffnung. Was wäre, wenn es stimmte? Sie wollte so gerne daran glauben. Andererseits war es nur eine Theorie und sie hatte schon so viele Theorien zu diesem Thema gehört. Keine von ihnen hatte ihr bisher geholfen das Problem der Blackouts und der Defragmentierung zu lösen. Wieso suchte sie überhaupt noch nach einer Lösung.

Die Gespräche zogen sich noch tief in die Nacht und Krasnaja merkte, dass das Rauchen und Trinken sie und die anderen redseliger machte, aber ohne den Nebeneffekt, dass sie sich betrunken oder benebelt fühlte. Eine eigenartige Erfahrung. Die Worte purzelten einfach aus ihrem Mund ohne dass sie sie vorher zehnmal in ihrem Kopf wälzen musste. In der Dunkelheit wusste sie manchmal nicht einmal, mit wem sie sich da unterhielt und woher die Stimme kam, der sie zuhörte, es verschmolz alles zu einer Melange aus Gedanken, Gefühlen, Geschichten.

„Die Fragilität ist eine zweischneidige Angelegenheit, schreibt Wolkebarth in einigen von seinen Abhandlungen", erzählte gerade jemand, „sie ist nicht nur ein Ausdruck von Schwäche, sondern auch von einem tiefen Verständnis des menschlichen Seins."

„Ich bin ganz seiner Meinung, aber im alltäglichen Erleben finde ich das schwer anzuwenden, denn Verletzlichkeit", Krasnaja musste schwer schlucken, „ist immer ein Schwachpunkt, ein Angriffspunkt, ein Moment des Einknickens, Versagens und

Scheiterns, da bringt mir der tiefere Einblick dann auch nichts."

„Ich denke Wolkebarth und die anderen, hast du schon mal Svetlana Rot gelesen, sie zielen weniger auf Erlebnisse von Einzelpersonen ab, sie heben das auf ein Abstraktionsniveau, das sehr weit weg ist davon, trotzdem sind ihre Theorien so spannend, ich könnte mich da reinlegen, wegträumen, für immer in dieser Welt verschwinden."

„Geht mir auch so", bestätigte Krasnaja, „wenn ich zurück bin muss ich in das Archiv und mehr von ihm heraussuchen. Ich habe Wolkebarth damals in meiner Heimat gelesen, er ist mir in der Zwischenzeit abhanden gekommen."

So ging es immer weiter. Irgendwann hatte Krasnaja das Bedürfnis aufzustehen und zurückzugehen. Mit absolut klarem Verstand und ohne ein Fünkchen Müdigkeit lief sie durch die Dunkelheit. Die ausgiebigen Gespräche waren wohltuend, aber irgendwas war auch komisch daran. Verloren die Roten sich zu sehr in Träumereien, war es das? Sie konnte den Finger nicht exakt drauf legen und nahm sich vor, Re morgen dazu zu befragen.

Plötzlich stieß sie mit jemandem zusammen. Sie trat zurück und merkte gleich, dass es Jiri war, auch wenn sie nur Schemen erkennen konnte. Er lief einfach an ihr vorbei, sie musste schnell hinter ihm her.

„Warte", rief sie und hatte Mühe, mit ihm Schritt zu halten.

„Ich wollte dir unbedingt noch etwas sagen", sie hastete, um sich ihm in den Weg zu stellen.

Endlich blieb er stehen. Krasnaja dachte an ihre erste Begegnung, wie abweisend er anfangs gewesen war, wie schwer es war zu ihm durchzudringen.

„Ich wollte mich bei dir bedanken. Dafür, dass du mir das Leben gerettet hast", stieß sie hervor.

Sie stand nur Zentimeter von ihm entfernt, direkt vor seinem Brustkorb. Und war froh, dass er für den Moment nicht vor ihr wegrannte.

„Danke, dass du nach mir gesucht hast, dafür hast du deine Leute zurückgelassen. Dass du das Risiko eingegangen bist, mich hierher zu bringen, du hast dein Leben aufs Spiel gesetzt."

Einen Moment sagte niemand etwas. Krasnaja spürte Jiris Atmung vor sich. Dann setzte er sich wieder in Bewegung, an ihr vorbei, diesmal etwas langsamer. Krasnaja hatte gerade noch Zeit, ihre Hand nach ihm auszustrecken. Sie bekam seinen Arm zu fassen, er blieb stehen. Plötzlich war Krasnajas Mund ganz trocken und es hatte sich ein fester Kloß in ihrem Hals gebildet.

„Ich… ich…", sie schluckte und senkte die Stimme, „ich hab so oft an dich denken müssen."

Sie kam sich so albern vor, das zu sagen. Was wollte sie damit erreichen? Sie spürte, wie die

Muskeln an seinem Arm sich anspannten. Sie ließ ihn los, wollte ihm nicht zu nah treten.

„Komm mit mir mit", sagte sie schließlich, „ich zeige dir, wie wir leben, vielleicht gefällt es dir."

Wieder entstand eine längere Pause. Ein leichter Windhauch wirbelte ihre Haare herum, es fühlte sich angenehm an. Krasnaja suchte in der Dunkelheit nach Jiris Gesicht, nach einer Regung, nach einem Hinweis, aber es war nichts zu sehen oder zu hören außer dem subtilen Gespür für seine Anwesenheit.

Es war nicht so einfach, die Teile, die auseinandergebrochen waren zusammenzubringen, wie Ben es ihr erklärt hatte. Jiri wollte nicht mit ihr sprechen, entweder wegen fehlender Kommunikationskompetenzen oder weil er es ihr nicht verzeihen konnte, dass sie bei ihrem letzten Zusammentreffen… nicht sie selbst gewesen war. Sie hatte keine detaillierte Erinnerung mehr daran.

Krasnaja unternahm noch einen letzten Versuch, rückte unauffällig an ihn heran, tastete mit den Händen nach seinem Kopf, zog ihn zu sich heran. Spürte seinen Atem auf ihrem Gesicht. Das rief jede Menge schöner Erinnerungen in ihr wach. Erinnerungen an bedingungslose Nähe. Klebte sie deswegen so an ihm, war es die Illusion, eine Heilung in der Zweisamkeit zu finden? Sein Nacken war warm und weich, die Schuppen dort hatten eine ganz andere

Oberflächenbeschaffenheit als in seinem Gesicht oder an den Händen.

„Sag mir einfach, was du denkst", flüsterte sie in sein Ohr, „damit ich weiß, was los ist."

Krasnaja spürte, wie er seinen Mund öffnete und zum Sprechen ansetzte. Sie spitzte ihre Ohren und hielt die Luft an. Doch dann löste er sich von ihr und verschwand. Krasnaja ging ihm nicht mehr hinterher.

61. Kapitel

In der Morgendämmerung war Krasnaja gerädert und unausgeschlafen. Sie hatte kaum ein Auge zugetan. Sie verabschiedeten sich von ein paar der wenigen Roten, die zu dieser frühen Stunde wach waren und hoben ab in die Luft.

Zu ihrer Überraschung flog Jiri mit, aber mit einem gewissen Abstand vor ihnen und die drei anderen zogen hinterher. Mick, ein junger Roter, mit dem sie sich schon ein paar Mal unterhalten hatte, flog mit ihnen mit.

Das Fliegen fühlte sich für Krasnaja wieder komplett ungewohnt an und sie war voll und ganz damit beschäftigt, die Bewegungsabläufe korrekt zu bewerkstelligen. So konnte sie die Spannungen, die zwischen ihr und Jiri buchstäblich in der Luft lagen, komplett ignorieren und die gestrige Nacht vergessen.

„Werden wir das Gebiet der Grauen wirklich nicht streifen?", fragte Krasnaja Re und hatte das Gefühl diese Frage in den letzten Wochen zehn Mal gestellt zu haben.

„Es ist völlig ausgeschlossen", erwiderte Re mit beneidenswerter Gleichgültigkeit.

Trotzdem blickte Krasnaja sich ständig um, weil sie meinte aus den Augenwinkeln Bewegungen zu registrieren, die sich in ihrem Kopf zu einem angreifenden Schwarm grauer Kämpfer auswuchsen. Dadurch kam sie immer leicht vom Kurs ab und musste öfter ihre Flugrichtung korrigieren. Das war mühsam. Konzentrier dich mehr auf das aktuelle Geschehen, sagte sie sich eindringlich und versuchte die dunklen Geister der Vergangenheit zu verscheuchen.

„Wem gehören diese Solaranlagen?", fragte sie und zeigte nach unten.

Dort war alles über Kilometer hinweg damit vollgepflastert.

„Uns natürlich", erwiderte Mick. „Haben wir uns mühsam aufgebaut. Es ist uns ein wichtiges Anliegen zu klären, was daraus bei unserem Umzug wird. Es ist ja unsere finanzielle Grundlage."

Krasnaja nickte, sie hatte noch keine Idee, wie es damit weitergehen würde, schließlich war diese Energiegewinnung nur in diesem Umfang möglich, weil es die Vogelwelt gab, auf dem Erdboden würde das nicht funktionieren.

Krasnaja konnte es sich noch gar nicht vorstellen, wieder zurück zu sein. Sie hätte mehr forschen sollen. Mehr herausfinden über die Lebensweise der Vogelmenschen, ihre Gedanken, Gefühle, ihre Vergangenheit und Hoffnungen für die Zukunft, ihre Vorlieben und Abneigungen, ihre sozialen und wirtschaftlichen Strukturen, ihre Ängste und Sorgen. Stattdessen war sie mal wieder und wie auch sonst immer mit ihren eigenen Problemen beschäftigt, projizierte diese permanent auf ihre Umgebung, verliebte sich in einen störrischen Mann und war neunzig Prozent der Zeit flugunfähig

Nach ein paar Stunden machten sie ihre erste Rast im Nirgendwo. Hier gab es keine Solaranlagen, keine Spuren von Zivilisation, sondern nur ein verdorrtes und löchriges Geflecht, welches wohl schon länger nicht mehr in Benutzung war.

Sie setzten sich zusammen, nur Jiri lief ein paar Meter entfernt unruhig um sie herum und schien Ausschau zu halten nach Angreifern oder Bewegungen am Himmel.

„Was ist mit ihm los? Weißt du irgendwas?", fragte Krasnaja mit gesenkter Stimme, als Jiri etwas weiter weg patrouillierte.

Re schüttelte den Kopf. „Keine Ahnung, er war schon die ganze Zeit sehr zurückgezogen und schweigsam. Ich glaube es hat nichts mit dir zu tun."

„Okay", sagte Krasnaja und nahm einen Schluck aus dem Lederbeutel, den sie dabei hatten.

„Ich denke die Situation hat ihm sehr zugesetzt, neu in einer fremden Gruppe, nicht zu wissen, wo sein Platz ist, wie lange das alles dauert, wie es weitergeht", warf Mick ein und packte ein Tuch mit roten Beeren aus.

„Hm", sagte Krasnaja und kratzte sich am Kopf, vielleicht war da etwas dran. „Wie war es für dich, Re?"

„Pff", machte Re und riss die Augen auf. „Definitiv ein Kulturschock."

„Wieso habt ihr sie nicht umgebracht, angekettet, ins Verlies geworfen, was weiß ich?", fragte Krasnaja.

„Wir entscheiden das spontan. Es stimmt, Graue kommen bei uns nicht rein. Meistens verscheuchen wir Unbefugte und wenn sie doch wiederkommen wird kurzer Prozess gemacht."

„Dass ich nicht lache", warf Re ein, „spiel mal vor Krasnaja nicht eure Brutalität runter. Wir Grauen sind immer die Bösewichte, dabei sind die anderen genauso unbarmherzig, wir verstecken uns da nur nicht."

Mick setzte ein sehr ernstes Gesicht auf. „Ja, da könnte etwas dran sein", er nickte vorsichtig. „Die Kampflust ist uns allen gegeben, egal welche Farbe wir haben, auch dir Krasnaja."

Krasnaja atmete tief durch. Ja, es war sicherlich nicht ihr liebster Persönlichkeitsanteil, aber er war da. Sie dachte an die Begegnungen mit dem Grünen, mit Krow und Lex, es brannte ihr schon eine Aggression in den Adern, die sie wohl sonst nicht so anerkannte.

„Also in der Stadt", bemerkte Krasnaja, „kann man sowas nicht bringen. Wenn man zurecht kommen will, muss man die ganze Zeit kommunizieren. Nicht, dass ich besonders gut drin wäre, aber die Städter reden ohne Pause die ganze Zeit über enttäuschenderweise überwiegend belangloses Zeug. Man gewöhnt sich nach einer Weile daran."

„Wir müssen die Sprache noch lernen", sagte Mick.

„Wenn ihr Glück habt geht es ganz schnell, ich lerne normalerweise in einer Woche eine neue Sprache", erklärte Krasnaja.

Eigentlich war es paradox, dass Vogelmenschen, die so ungern kommunizierten, die Gabe hatten ungewöhnlich schnell sich fremde Sprachen anzueignen.

„Ihr Roten habt den Vorteil, dass ihr sehr gesellig seid, das erleichtert den Anschluss", sagte Krasnaja und nahm noch einen Schluck von dem Wasser.

Re schaute hin und her als überlegte sie, wie sie etwas formulieren sollte.

„Es ist nicht alles so einfach", sagte sie schließlich und kratze sich am Hinterkopf.

„Re hat recht", ergänzte Mick. „Du weißt es nicht, aber meine Leute erleben sehr starke Schwankungen in der Gruppendynamik."

„Oh", erwiderte Krasnaja, damit hatte sie nicht gerechnet. „Wie äußert sich das?"

„Es ist schwer zu beschreiben", sagte Mick und stocherte in dem Geflecht herum. „Ich verstehe es ja selbst nicht ganz. Du musst wissen, manchmal schweigen wir uns monatelang an, manchmal hassen wir uns und drohen auseinander zu brechen, dann sind wir wieder so eng wie nie zuvor, es ist seltsam."

„Das klingt furchtbar", murmelte Krasnaja. Es war immer alles komplizierter, als es auf den ersten Blick schien.

Dann beobachtete sie, wie Jiri im Hintergrund seine Flügel ausbreitete. Das interpretierte sie als Hinweis, dass er aufbrechen wollte. Sie packten zusammen, es ging weiter.

Nach ein paar Stunden Flug bemerkte Krasnaja, dass Jiri an Tempo zulegte. Sie kam kaum noch hinterher.

„Hier trennen sich unsere Wege", rief Re ihr von der Seite zu, „wir müssen hier weiter", sie zeigte nach schräg links.

„Er hat sich noch nicht einmal verabschiedet", brummte Krasnaja.

Seine Gestalt wurde immer kleiner und verschmolz schließlich mit dem blauen Himmel. Krasnaja spürte ein Stechen in ihrem Brustkorb. Insgeheim hatte sie gehofft, er würde doch mit ihnen in die Stadt kommen. Sie musste Jiri abhaken, es war besser so.

62. Kapitel

„Hier geht es runter", sagte Re.

Vor ihnen tat sich ein etwas größeres Loch auf, durch das sie sich nicht quetschen mussten, sondern bequem hindurchfliegen konnten, wenn sie ihre Flügel etwas anlegten. Es war natürlich eine andere Stelle als die, bei der Krasnaja vor Monaten aufgestiegen war.

„Also los, Leute", seufzte Krasnaja. Sie war sehr wehmütig diese Dimension nun endgültig zu verlassen, auch wenn sie nicht behaupten konnte besonders viele positive Erfahrungen dort gesammelt zu haben.

Sie flogen problemlos hindurch Richtung Erdboden. Nacheinander landeten sie auf der weichen mit Nadeln übersäten Humusschicht. Wie genial sanft sich die Erde anfühlte. Warum hatte sie das früher nie wahrgenommen?

„Wie läuft man hier drauf?", rief Re als erstes und machte ein paar unbeholfene Schritte.

„Du musst den ganzen Fuß aufsetzen", riet ihr Mick und lief demonstrativ vor.

Krasnaja konnte nur den Kopf schütteln. „Wir müssen uns beeilen, da unten ist die Bahnstation", sie zeigte die Richtung an.

Sofort ging ihr auf, dass sie merkwürdige rote Kleidung trug, ungewaschene Haare hatte und ihre

Flügel nicht verstecken konnte. Ein Schauer von Unsicherheit durchzuckte sofort jede ihrer Zellen. Sie wollte nicht als Freak wahrgenommen werden.

„Wisst ihr", fügte sie an, „die Leute kennen Vogelmenschen nicht. Ich weiß nicht, wie sie reagieren werden. Definitiv gibt es noch verrücktere Gestalten als uns. Trotzdem. Versucht immer ruhig zu bleiben. Re, bitte fang keine Schlägerei an, weil dir jemand zu nah kommt."

„Ich versuche es", beteuerte Re und versuchte lammfromm zu gucken.

Am späten Abend, gerade noch rechtzeitig, erreichten sie eine kleine ländliche Bahnstation. Zum Glück waren nur noch wenige Leute unterwegs, doch Krasnaja merkte schnell, dass sie die Blicke auf sich zogen. Beim Einsteigen bezahlte jeder mit dem Chip im Handrücken und sie nahmen sich ein Abteil für sich, ein angenehmer Rückzugsort.

„Ihr braucht richtige Schuhe", bemerkte Krasnaja mit Blick auf ihre Füße, „sonst nutzt sich der Stoff und Filz, auch das Leder, zu schnell ab. Alles Dinge, um die wir uns relativ schnell kümmern müssen."

In ihrem Kopf überschlug sie die finanziellen Mittel, die ihr zur Verfügung standen. Es musste irgendwie gehen.

„Mick, warum hast du dich eigentlich für diese ehrenvolle Aufgabe gemeldet?", fragte Krasnaja.

Er zog die Augenbrauen nach oben und schaute aus dem Fenster auf die im Dämmerlicht vorbeiziehende Landschaft, die aus Feldern, Wiesen und kleinen Ortschaften bestand.

„Ich habe schon etliche Buchseiten über die Hauptstadt unseres Kontinents gewälzt, es ist so faszinierend", seine kupferroten Augen strahlten, „auf so eine Gelegenheit habe ich seit Jahren gewartet, ich wollte schon allein losziehen. Kämpfen und Fliegen ist überhaupt nicht mein Ding. Ich sitze lieber irgendwo herum, wälze Informationen, hör mir Geschichten an oder erkunde etwas Neues."

„Das ist wunderbar", seufzte Krasnaja, „genau mein Lebensgefühl. Es gibt bestimmt ganz viele Entfaltungsmöglichkeiten für dich in der Stadt. Vieles dreht sich um Energieversorgung, naturgemäß, aber das ist nicht alles. Die Stadt pulsiert vor kreativen Impulsen, was nicht heißt, dass vieles nicht auch unglaublich engstirnig ist."

„Ich kann es kaum noch erwarten. Allein schon hier zu sitzen ist surreal", sagte Mick und tippte an die Fensterscheibe.

Mitten in der Nacht kamen sie endlich an.

„Wow", staunten Re und Mick, als sie aus dem Bahnhof herausliefen.

Krasnaja dachte an ihren ersten Tag, als sie völlig allein, unwissend und verängstigt hier landete. Die Hochhäuser, der Lärm, die vielen Leute. Es waren harte erste Monate, in denen sie kaum durchatmen konnte. Sie hatte in dieser Zeit öfter mal ihren Namen vergessen.

Sie liefen zügig durch die menschenleeren Straßen. Jetzt galt es auf einmal wieder einen Zeitplan einzuhalten. Am nächsten Tag mussten sie früh raus und einiges erledigen.

„Kommt ihr zwei", musste sie Re und Mick immer wieder zurufen, weil sie sich alles genau anschauen und nicht vom Fleck kamen.

„Sorry, meine Wohnung ist so klein und hier liegt überall Zeug herum", murmelte sie, als sie endlich dort strandeten.

Krasnaja dröhnte vor Müdigkeit der Kopf. Sie richtete schnell zwei weitere Schlafplätze ein und fiel erschöpft um. Sie hörte noch das leise Flüstern der beiden anderen, dann sank sie in einen tiefen und traumlosen Schlaf.

63. Kapitel

Als sie die Augen wieder aufschlug, musste sie sich kurz orientieren. Ihre Wohnung, sie sah so fremd aus. Graue und schwarze Kleidung überall. Lose Buchseiten gestapelt in den Ecken. Akten von der Arbeit. Notizbücher auf einem großen Haufen. Re und Mick schlafend auf dem Boden.

Krasnaja überlegte kurz, ob sie eins der Notizbücher aufschlagen sollte, ob ihr das beim Ankommen helfen würde, doch sie entschied sich dagegen. Irgendwas sagte ihr, dass sich zwischen diesen Seiten ein noch größeres Wirrwarr befand als es ihr Leben nicht sowieso schon war.

Stattdessen rollte sie sich aus dem Bett und wankte ins Bad. Hielt sich am Waschbecken fest, als wäre es lebensnotwendig. Hob langsam den Kopf, traute sich aber nicht direkt in den Spiegel zu schauen. Aus den Augenwinkeln registrierte sie die vielen neuen Farben. Langsam zog sie sich die rote Kleidung aus. Leerte vorher noch die Hosentaschen. In der rechten fand sie eine längliche Feder, die ihr bisher noch gar nicht aufgefallen war. Sie zog sie heraus. Es war eine ultramarinblau leuchtende Flugfeder, die gleich einen Haufen von Erinnerungen in ihr heranspülte. Krasnaja ertastete sie mit den Fingerspitzen. Seidig, perfekt geschwungen, fein strukturiert. Sie klemmte sie zwischen Spiegel und Wand. In der linken Hosentasche befanden sich zu ihrer Verwunderung die Blätter, die sie eingefangen hatte, bis zur Unkenntlichkeit verschrumpelt. Sie legte sie auf eine Ablage und zog sich weiter aus.

Der Torso hatte noch die normale Menschenhaut, aber ihre Hände und Arme, Füße und Beine waren von verschiedenfarbig schimmernden Schuppen durchzogen, die in Richtung Körpermitte immer schwächer wurden. Immerhin schien sie nicht dicker, dünner, kleiner oder größer geworden zu sein. Aber diese unzähligen Schnitt- und Schürfwunden, grauenhaft. Krasnaja schloss schnell die Augen, um die daran geknüpften Schmerzerinnerungen herunterzuschlucken.

Sie stieg schnell in die Dusche und ließ warmes Wasser über Kopf und Gesicht laufen. Wunderbar. Sich endlich die Haare waschen. Sie waren lang geworden. Sachte fuhr sie die großen Narben nach. Immerhin war ihr Fleisch zusammengewachsen, hatte sich mit den Verletzungen abgefunden, sich integriert.

Nach dem Duschen versuchte sie sich eine Frisur zu kämmen, die gleichzeitig die Kopfnarbe verdeckte und die bunten Haarsträhnen nicht zu sehr zur Geltung brachte. Ein hoffnungsloses Unterfangen.

Die Kleidung, die sie vorher besessen hatte, sprach sie nicht mehr an. Die dunklen Farben, die

Schnitte waren zu weit, zu unförmig. Sie brauchte was Neues zum Anziehen. Schnell suchte sie ein rotes T-Shirt und eine blaue Hose aus.

„Macht euch fertig, es geht los", rief sie Re und Mick zu, die gerade die Augen geöffnet hatten und gähnten.

64. Kapitel

„Wir versuchen am besten so wenig wie möglich aufzufallen und das Notwendigste schnell zu erledigen. Danach geht es gleich weiter in die Stadtverwaltung, es gibt einiges zu besprechen", kündigte Krasnaja an, während sie durch die dichte Einkaufsstraße Slalom liefen.

„Wo habt ihr diese Verkleidung her?", rief ihnen ein Mann entgegen und Krasnaja verdrehte die Augen.

„Schuhe", sagte Krasnaja knapp und sie betraten einen kleinen Laden. „Seid ihr mit den Farben flexibel? Ich meine, grau ist kein Problem, aber rote Herrenschuhe? Das ist schwieriger. Vielleicht sind Sandalen für den Anfang nicht schlecht, man muss sich an das Laufgefühl mit Sohle erstmal gewöhnen."

Krasnaja suchte ein paar Exemplare für Re und Mick aus und bedeutete ihnen, sie anzuprobieren.

„Kann ich Ihnen weiterhelfen?", fragte eine Verkäuferin mittleren Alters mit überdeutlicher und lauter Stimme, so als wären sie schwerhörig.

„Wir kommen zurecht", wies Krasnaja sie ab und überprüfte, wie die Vogelmenschen-Füße sich in den Schuhen machten.

Sie klapperten noch ein paar Bekleidungsgeschäfte ab, um sich mit dem Nötigsten einzudecken.

„Ihr müsst die Kleidung täglich wechseln. Ich weiß, es klingt absurd, aber alles andere ist inakzeptabel. Deswegen brauchen wir einen gewissen Vorrat. Zu Hause passen wir die Oberteile an, damit das mit den Flügeln klappt", erklärte Krasnaja etwas außer Atem, als sie wieder auf der Straße waren.

„Sind das Roboter?", fragte Mick und zeigte auf die andere Straßenseite.

„Nein", erwiderte Krasnaja, „wir nennen sie Androiden, die früheren Modelle. Sag niemals Roboter, es ist verpönt. Ich mache euch später mit dieser Spezies bekannt."

„Und die da?", fragte Re und zeigte in die Ferne auf eine dünne weiße Gestalt.

„Spinnenmenschen. Frag mich nicht, wer sie genau sind. Das weiß keiner, es ist ein absolutes Mysterium. Sie haben ja keine Substanz. Ebenso wie Geister, aber das ist ein anderes Thema", rief Krasnaja und sie sprangen in eine Straßenbahn.

„Mama, was sind das für Leute?", fragte laut und vernehmlich ein Mädchen, das mit seiner Mutter auf einem nahegelegenen Zweiersitz saß und zeigte auf die drei.

Die Mutter lief rot an und flüsterte etwas ins Ohr der Tochter.

„Ich habe gelesen, dass Kinder mit euch zusammenleben", sagte Mick.

Krasnaja nickte. „Ich finde es eigentlich besser. Ich bin ja auch so aufgewachsen. Allerdings gehört dazu meistens die Paarbeziehung, das heißt zwei Leute, zwei Erwachsene gehen eine feste Verbindung ein, ich hab das auch noch nicht ganz durchschaut."

„Oha, was soll das bringen? Wie halten die das aus?", fragte Mick.

„Keine Ahnung, es ist ein komisches Konzept und bisher konnte mir noch keiner glaubhaft vermitteln, wie es funktioniert."

Krasnaja hielt kurz inne und dachte an Jiri. Das hatte auch nicht funktioniert, warum auch immer. Vielleicht war es Veranlagung und Vogelmenschen hatten kein Zweierbeziehungs-Gen. Der Gedanke, dass er jetzt unendlich weit weg war, versetzte ihr erneut einen Stich. Ihr Herz war irgendwie ebenfalls in ein paar Einzelteile zerfallen.

„Könnt ihr noch oder information overflow?", fragte Krasnaja.

„Mein Kopf ist voll", schnaufte Re und Mick nickte.

„Okay, es lohnt sich nicht nach Hause zu gehen, aber auf dem Weg ins Büro machen wir eine kurze Pause im Park", überlegte Krasnaja.

Sie stiegen aus und liefen noch ein kurzes Stück zum Park.

„Meine Füße tun mir weh", klagte Re, als sie sich auf den weichen Rasen fallen ließen. Sie streifte sich gleich die Sandalen ab.

„Du gewöhnst dich dran. Was glaubst du, wie es mir ging, als ich monatelang auf euren komischen Wurzeln herumlaufen musste, ich glaube meine Füße sind ganz verbogen davon", erklärte Krasnaja und legte sich auf den Rücken.

Ihr Kopf drehte sich. Die letzten 24 Stunden waren viel gewesen. Dieses Tempo konnte sie nicht auf Dauer durchhalten. Aber jetzt mussten erstmal so viele Dinge erledigt werden, damit nicht noch mehr Zeit verloren ging. Re und Mick mussten auf ihren Weg gebracht werden.

Der Himmel war jetzt so weit weg, die Wolken waren kleiner als sonst. Es war ungewohnt unter den Baumwipfeln zu sein, aber auch angenehm und beruhigend, wie die riesigen Gewächse unerreichbar weit emporragten.

Krasnaja döste beim Rascheln der Bäume und den warmen Sonnenstrahlen ein. Sie wachte erst wieder auf, als sie in unmittelbarer Nähe laute Stimmen hörte.

„Da sind diese verdammten Vögel, die unseren Kontinent kaputt machen", schrie ein Mann aus ein paar Metern Entfernung. Andere Passanten wurden auf ihn aufmerksam und liefen zusammen.

Krasnaja sah, dass Re bereits auf den Beinen und in Kampfposition war. Mick stand hinter ihr. Die Leute kamen auf sie zu.

„Verschwindet von unserem Erdteil, ihr seid Eindringlinge, Parasiten, niemand will euch hier haben", rief der Provokateur wieder.

Krasnaja sah gleich, dass er mit seinem Übergewicht keine Chance gegen die drahtige Re hatte, sie würde ihn platt machen.

„Re, komm schon", rief Krasnaja und als diese nicht reagierte, stellte sie sich vor sie und wedelte mit den Händen vor ihrem starren Gesicht. „Wir hauen ab."

„Ich kapituliere doch nicht vor dem", zischte Re.

„Sowas wie euch sollte man in die Fabriken bringen", rief der Typ wieder, „oder in den Weltraum schießen, aber hier habt ihr nichts verloren, arrogantes Pack."

„Mach keinen Quatsch", sagte Krasnaja im ruhigen Ton und zog Re am Arm.

Mick und sie stiegen in die Luft, Re kam zum Glück nach.

„Planänderung, wir fliegen ins Büro. Passt bitte auf die Stromleitungen auf, die sind lebensgefährlich."

Krasnaja musste sich maximal konzentrieren, um durch die Hochhäuser, Bäume, Laternen und Baukräne zu navigieren, gleichzeitig Re und Mick im

Auge zu behalten, die Einkaufstasche an sich zu drücken und sich zu überlegen, was der beste Weg zur Verwaltung war. Von oben sah alles ganz anders aus, unübersichtlich. Überall dieses Gewimmel von Menschen, Straßenbahnen, Fahrrädern, dazwischen Grünzeug, Straßenschilder, Geschäfte. Ständig mussten sie ihren Kurs korrigieren und Krasnaja war froh, dass es insgesamt nur eine kurze Strecke war.

„Dort vorne, das Bürogebäude", rief Krasnaja und fragte sich gleichzeitig, ob die beiden wussten, was ein Bürogebäude war. „Wir landen am besten auf dem Dach, ich hab Angst, dass wir sonst zu viel Trubel verursachen."

Durften sie überhaupt hier einfach so fliegen? Nicht, dass es eine Ordnungswidrigkeit war.

„Landung!", Krasnaja steuerte das Dach an.

Unsanft rutschten sie auf dem Kies herum.

„Geschafft", keuchte Krasnaja, die beiden anderen waren neben ihr. „Sorry, das war jetzt etwas durcheinander. Alles okay bei euch?"

„Ja, klar. Was hat der Mann da gebrüllt?", fragte Mick und klopfte sich den Staub von der Hose ab.

„Vergiss es", Krasnaja winkte ab, „der wollte nur rumpöbeln. So Leute müsst ihr einfach ignorieren.

Das sagte sich so leicht, dachte Krasnaja. Ihr war es selbst nicht geheuer gewesen, so angegangen zu werden.

„Sinija!", rief plötzlich jemand hinter ihr.

Krasnaja drehte sich um und sah Klaus aus einem Dachfenster heraussteigen. Ihr wurde sofort warm uns Herz. Ein durch und durch vertrautes Gesicht. Jemand, dem sie absolut vertraute, der sie vom ersten Tag an in allem unterstützt hatte. Der sie mit seiner besonnenen und ruhigen Art fast immer erden konnte. Erst in diesem Moment wurde ihr klar, wie sehr sie das vermisst hatte.

„Das war ein Auftritt, meine Güte!", er kam ganz herausgeklettert und ging auf sie zu.

Dann wurde er plötzlich ganz ernst.

„Sinija, wie siehst du aus", er nahm seine Brille ab und rieb sich die Augen, „was… was ist passiert?"

„Ich erklär dir gleich alles. Das sind Re und Mick. Lass uns erst Mal rein gehen", sagte Krasnaja.

„Natürlich, das ist eine gute Idee", erwiderte Klaus und sie folgten ihm durch das schmale Fenster.

65. Kapitel

„Ich habe dich fliegen gesehen, konnte es kaum glauben", rief ihr Klaus über die Schulter zu, während sie mit zügigen Schritten durch einen langen Flur liefen.

Sie musste ihm sagen, dass sie einen anderen Namen hatte, dachte Krasnaja. Bei einer passenden Gelegenheit.

„Wer hat dich so zugerichtet", fragte er lässig, als sie im Aufzug nah beieinander standen.

Krasnaja schluckte und musste aufsteigende Tränen unterdrücken.

„Was gibt es bei euch Neues?", brachte sie schließlich hervor.

Klaus schaute verlegen nach unten.

„Bei uns? Was soll es Neues bei uns geben, wir sind die langweiligste Abteilung der Welt", lachte Klaus.

Die Aufzugstür öffnete sich und eine Traube von Leuten stand vor ihnen. Alle redeten durcheinander, Krasnaja wusste gar nicht, wo sie zuerst hinschauen sollte. Sie hörte mehrmals ihren früheren Namen, der ihr jetzt so fremd vorkam.

„Sinija, wie wars?", vernahm sie Sveas Stimme.

„Wen hast du da mitgebracht?"

„Was ist mit ihren Augen los, ist das eine Krankheit?"

„… nicht mehr wieder zu erkennen…"

„Wir dachten, du wärst tot, wir haben deine Stelle neu besetzt. Kleiner Scherz."

Klaus bahnte sich einen Weg durch die kleine Gruppe.

„In den Konferenzraum", rief er fröhlich.

Krasnaja warf schnell einen Blick über die Schulter zu Re und Mick, die sich neugierig und gleichzeitig verunsichert umschauten.

Im Konferenzraum konnten die Leute sich endlich besser verteilen. Peter schritt nach vorne und bedeutete den aufgeregten Kollegen, sich zu setzen.

„Sinija", hörte sie die Stimme von Schmidt hinter sich und drehte sich um, „De hat gekündigt, deine Fußstapfen waren einfach zu groß für ihn. Wenn wir hier fertig sind habe ich noch einen Vorgang für dich, lass mich nicht hängen."

„Wo ist er hin?", fragte Krasnaja.

„Zum anderen Kontinent", erwiderte Schmidt.

Krasnaja schluckte schwer.

Auf einmal saßen alle, sie stand als einzige neben Peter, alle Augen waren auf sie beide gerichtet.

„Ich spreche wohl für jeden von uns", setzte Peter an, „wenn ich sage, dass wir maximal gespannt sind zu hören, wie es dir auf deiner Mission ergangen ist. Nach dieser langen Vorbereitungszeit, die wir versucht haben, im kleinen Kreis zu halten, kann jetzt jeder hören, was daraus geworden ist."

Krasnaja versuchte schnell ihre Gedanken zu sammeln. Ihre Reise kam ihr wie eine Aneinanderreihung von absolut kontingenten Ereignissen vor, die nicht zu einem Ganzen zusammengefügt werden konnten. Ein wildes Durcheinander von Farben, Namen, Menschen, Unfällen und Nahtoderfahrungen.

„Ich bin Krasnaja, für die, die mich noch nicht kennen", fing sie an und vermied möglichst Blickkontakt, da ihre Ansage ihr extrem affektiert vorkam. „Und das hier sind Re", sie zeigte auf ihre Halb-Schwester, „und Mick", sie zeigte auf den roten Vogelmann.

„Ich habe euch kurz mal meinen Kollegen vorgestellt", übersetzte sie schnell.

„Wir sprechen noch nicht alle dieselbe Sprache", fuhr sie fort, wieder an die Runde gerichtet, „das wird sich hoffentlich bald ändern. Gleichzeitig wartet ein Mammut-Projekt auf uns. Ich bin zuversichtlich, dass wir das mit der Umsiedlung hinbekommen. Ich hab jetzt eine Vorstellung, wie wir das angehen können. Wir müssen uns alle neu einstellen, unsere Stadt wird sich sicher verändern."

Alle klatschten.

„Die wollen doch bestimmt nicht freiwillig umziehen", rief jemand.

„Du hast recht", sagte Krasnaja, „aber wir werden einen Weg finden. Ich hab schon viele Ideen, die Grünen können wir anlocken, die Blauen überreden, die Grauen eher zwingen und die Roten kommen tatsächlich freiwillig."

„Wie viel soll der Spaß denn kosten? Denkt denn niemand an die horrenden Kosten?", rief Schmidt, aber keiner achtete auf ihn.

„Die städtische Infrastruktur wird überlastet, das wird eine große Herausforderung", warf Go ein und tippte irgendwas auf seinem Laptop.

„Wann geht es los? Ich habe nächste Woche Urlaub", warf Anne ein.

Es begann ein Gemurmel, Gepiepe, Geratter und Geschepper, bei dem Krasnaja den Überblick verlor. Ein wirrer Haufen ohne Form und Richtung, genauso, wie es sein sollte. Mittendrin Krasnaja, ohne feste Struktur, so wie es nun mal war.